河出文庫

サマーレスキュー
～天空の診療所～

秦 建日子

河出書房新社

目次

第一章　7
第二章　77
第三章　135
『サマーレスキュー　～天空の診療所～』に寄せて　臼杵尚志　193

サマーレスキュー　〜天空の診療所〜

第一章

1

　標高三〇〇〇メートル級の山々が連なる飛騨山脈――通称、北アルプス。名峰たちが紺碧の空に描く美しい稜線は、昔から数多くのクライマーを虜にしてきた。

　その北アルプスのほぼ中央に、稜ヶ岳《りょうがだけ》はある。

　山容は比較的なだらか。夏、東側のカールには、ハクサンイチゲとミヤマキンバイのかわいらしい花弁が、岩肌を白とレモンイエローに美しく彩る。その花々の間を縫うように、生まれたばかりのライチョウのヒナと親鳥が、盛んに地面を啄《つい》ばむ姿も見られる。

　稜ヶ岳の北東には、日本百名山の一つでもある鷹羽《たかば》岳《だけ》がどっしりと鎮座している。

その名の通り、大地に羽を広げて降り立った大鷹のように、勇ましい山である。

そんなふたつの山の鞍部《あんぶ》に抱かれるように、赤い屋根のこぢんまりとした山荘がひっそりと建っている。

稜ヶ岳山荘である。

標高は、二五〇〇メートルちょうど。

昭和四七年（一九七二年）夏。その稜ヶ岳山荘の一室で、小山雄一《おやまゆういち》は黙々と着古したTシャツとレインウェアを小さく畳み、色褪せた青色のザックの底に隙間が出来ないよう丁寧に入れていた。

三畳ほどの小さな部屋。

粗末な木製の二段ベッドと、手作りの棚。部屋の真ん中には、木箱をひっくり返しただけの小さなテーブルがあり、その上に、小山が初月給の大半をはたいて買った、シルバー色のトランジスタ・ラジオが置いてある。そこから男性アナウンサーのやけに快活な声が、先ほどからずっと虚しく流れていた。

「――八月に入ってからも、厳しい暑さが続いてますねえ。この時期になるとまた光化学スモッグの発生が心配ですが、皆さんがお住まいのところは大丈夫でしょうか。先日、五四歳という若さで総理大臣に就任した田中角栄首相ですが、この公害問題にどんな政策を考えてくれるのか、注目したいところですね。やっぱり健康はみんな大事ですからね。そう！　健康一番！」

板張りの床の隅には、ねじ巻き式の目覚まし時計があり、そのすぐ傍には、『あしたのジョー』が一四巻まで並んでいる。ルームメイトの永井《ながい》泰男《やすお》のものだ。大勢のクライマーが繰り返し読んだせいで、表紙は手あかでボロボロだ。

下着と靴下を小さく丸め、ザックの横の隙間に強く押し込む。これで必要最低限の荷物は詰めた。

「よし」

自分を鼓舞するように、わざと声を出して立ち上がる。小山の顔が、板張りの壁にかけられた小さな縁なしの鏡に映った。

日に焼けたごつい顔。丸四日洗っていないボサボサの髪。無精髭。そして、昨夜の悔し泣きと寝不足のせいで、充血の取れていない赤い眼……ひどい顔だ。窓の外に目をやると、抜けるような青い空と、雄大な北アルプスの山々の絶景が、いつものように広がっている。まるで、一昨日の事故などなかったかのように。

「――そうそう、健康といえば先日私、仕事でちょっと京都に行きまして、その時駅でタバコを買ったんですが、そうしたらタバコの箱に、『健康のため吸いすぎに注意しましょう』なんて表示が書いてありましてね。東京じゃまだ見たことがなかったんで、びっくりしちゃいましたよ。でもそうは言われても、なかなか止められないんですよねぇ。おっと、またちょっと喋りすぎちゃいましたかね。では、ここら辺で、また一曲聞いていただきましょう。よしだたくろうで、〝結婚しようよ〟」

ただただ聞き流していただけのラジオを、小山はハッとして見つめた。

♪僕の髪が　肩までのびて
君と同じになったら
約束どおり　町の教会で
結婚しようよ……

ラジオのスイッチを慌てて切った。部屋の引き戸が乱暴に開き、永井が入ってくる。

「ヘリ、松本出たって。今、無線が入った」

「永井さん……オレ、やっぱり東京に寄ってきます」

永井は、パッキングの済んだ小山のザックをちらりと見、そして、

「わかった。だったら、ジョーの新刊、ついでに買ってきてくれ」

とだけ言った。目は合わさなかった。永井はそれだけ言うと、さっさと部屋から出て行った。小山も、無言でザックを担ぐと、部屋を出て、階下の食堂に向かった。

食堂には、古びたゴザが敷きつめられていて、その上に、低い長テーブルが所狭しと置いてある。一度に五〇人まで食事が出来るようになっているのだが、夏のピーク時はこれでも足りず、食事を交替制にすることも珍しくない。

だが、この日、山荘に客はいなかった。一昨日の事故のニュースのせいだ。

木目調の壁には、先代の主人が撮った高山植物やライチョウなどの写真が飾ってある。

食堂の奥の厨房では、アルバイト数人が朝食の後片付けをしている。洗い桶の中で、プラスチックの食器がカチャカチャと安っぽい音を立てている。

「もうすぐヘリが来るから、谷藤と上田は手伝ってくれ」

そう厨房に小山が声をかけると、指名された男子アルバイトふたりは、「はい」と返事をして外へ出てきた。

小山は、食堂のカウンターの脇にぶら下がっているボロボロの大学ノートを手に取り、傷まないよう、そっとそのノートをザックの中に入れた。

やがて、遠くからプロペラの音が聞こえてきた。窓の外を見ると、青い空の中に、一際青い点が浮かんでいて、それがこちらに向かっている。

外に出る。

真っ青な機体に「アルプス航空」と白くペイントされた救助ヘリは、あっという間に山荘上空に到着し、轟音と突風を起こしながら、山小屋から五〇メートルほど離れた空き地に着陸し始めた。荷揚げの時にも使っている、いわば稜ヶ岳山荘のヘリポートである。

永井が、大きく両手を振ってヘリを誘導する。

地面に落ちていた小枝や草、砂が、ヘリの風に煽られてそこら中に舞う。周囲の雑草は激しく波打ち、そのうちのいくつかは根っこから抜けてしまう。どすんと乱暴にヘリが降りる。と、中から紺色のユニフォームを着た吉沢勲夫《よしざわいさお》が、若い整備士と一緒に降りてきた。もみあげから顎の下まできれいに髭を生やし、いかにも貫禄がある。日に焼けすぎた顔や、太もものような逞しい腕の筋肉は、何度も過酷なレスキュー業務に駆り出されてきた証だ。アルプス航空は、本来はヘリによる各山小屋の荷揚げ業務を請け負う会社なのだが、県警の山岳警備隊に自前のヘリがないせいで、遭難事故の度にレスキュー出動を依頼されている。

「お疲れさまです」

小山が挨拶をすると、吉沢は「おう」と軽く手を挙げた。

「で、オロクは？」

「こっちです」

オロクというのは、遺体のことだ。「南無阿弥陀仏」が六字であることから来ているらしいと、小山は一度聞いたことがあった。本当かどうかはわからない。小山は、山小屋の隣にある物置小屋に吉沢を案内した。運搬を手伝う谷藤と上田も、緊張した表情でついてくる。

誰だって死んだ人間の姿など、わざわざ見たくはない。彼らも、まさか一夏の山のバイトで、遭難者の遺体を運ばされるとは思っていなかったろう。だが、仕方がない。事故は起きてしまったのだ。命は、失われてしまったのだ。

物置小屋は、トタンを貼り付けて作っただけの粗末な建物で、壁も屋根もところどころ錆びて茶色くなっている。

中に入る。

板の間の空気はひんやりしていて、夏なのに寒さを感じるほどだ。窓は、北側の壁に小さいものがひとつあるだけ。トタン屋根に開いた小さな穴から、わずかに細い光が差し込んでいる。備え付けの手製の棚に、トイレットペーパーや水が入ったタンクなど、備品や消耗品が保管してある。そして、部屋のほぼ真ん中には、黄色いビニールシートが掛けられた一七〇センチほどの塊が横たわっている。

オロクである。

吉沢は、オロクに向かって軽く手を合わせ、それからシートをめくって遺体を露《あらわ》にした。生臭い匂いと一緒に大きなハエが二匹飛び出してきて、行き場を探すように遺体の上を旋回した。

「生島実《いくしまみのる》さんで間違いないね？」

吉沢が確認してくる。

「はい」

とだけ小山は返事をする。

蒼白い顔をした、青年のオロク。頭部や顔、首筋、耳などに流血の痕が残っていて、それが滑落の衝撃の大きさを物語っている。右目周辺の痣も痛々しい。

生島実が稜ヶ岳山荘にやってきたのは、四日前のことだった。食堂で小山がひとり休憩を取っている時、友人とふたり、礼儀正しく挨拶をしながら入ってきた。痩せぎすで長髪の、ヒッピー風の青年だった。

小山がコーヒーを淹れてやると、とても美味しそうに飲んだ。それから、山小屋の食堂の片隅に置かれているギターを見つけ、「ちょっと弾いてもいいですか?」と言ってきた。

♪僕の髪が　肩までのびて
君と同じになったら
約束どおり　町の教会で
結婚しようよ……

それは、最近ラジオでよく流れている曲で、小山も気に入りの歌だった。

「たくろう、いいよね」

そう小山が言うと、

「おれ、普段はストーンズとかツェッペリンとか、洋楽ばっかり聴いてるんですけど、でもなんか、この曲だけはツボにはまっちゃって……」

と生島は、はにかみながら言った。そして、

「実はおれ、来月、結婚するんですよ」

と付け加えた。

「へぇえ。羨ましいなあ」

そう小山が言うと、

「でも結婚したら、自由に山、登れなくなっちゃうでしょ？　だから今日は、彼女には出張だって嘘ついて来たんですよ」

と生島は笑った。

生島は、明日、朔ヶ岳《さくがだけ》に登るという。上級者向けのコースではあるが、生島も、その友人も山岳部出身で、朔ヶ岳も数度、登っているというので、小山は心配しなかった。

「明日は天気もよさそうだから、独身最後の登山は、景色、最高だね」

と小山が言うと、生島は嬉しそうにまた笑った。

「やっとヘリが迎えに来たよ」

目の前に横たわっている生島の遺体に、小山は話しかけた。

吉沢は、遺体に触れ、状態を一通り確認すると、ホッとしたように、

「思ったよりきれいでよかった」

と言った。小山も「そうですね」と返した。

「一昨日、警察からの要請があって、ひと月前に遭難した女性の遺体を回収したんだけど、ありゃひどかったよ。行ってみたら全身真っ黒いから、てっきり誰かが黒い布でも被せてくれてたんかぁと思って近づいたら、いきなり蝿がわ～っと舞い上がってさぁ……わかる？　黒く見えたの、全部、蝿」

突然、谷藤が、嗚咽と共に走って小屋から出ていった。たぶん、外で吐くのだろう。上田も顔面蒼白だ。

「小山くんも、最初はあんなだったよなあ」

懐かしそうに吉沢が言った。

「そうでしたっけ？」

と小山はとぼけた。

確かに三年前ここに来たばかりの頃、小山は損傷したオロクを見る度にすぐに吐いていた。だが、三体目のオロクの時には、もう吐き気は起きなかった。慣れたのだ。

自分でもびっくりするほど、簡単に慣れてしまった。以来、オロクに慣れた自分に対しての微かな嫌悪が、心の隅にじっとりとへばりついている。

小山と吉沢、谷藤と上田の四人で、オロクを搬送用のシートに移した。吉沢は、まるで大きな新巻鮭でも梱包するかのように、慣れた手つきでオロクを包み、ロープでキュキュッと縛った。

「小山くんも松本署に連れてくるように言われてるけど、大丈夫だよな？」

「そのつもりで準備してます」

登山者の最期に立ち会った場合、その時の状況を詳しく説明するために、警察に行かなければならない。遺族がそこで待っている場合は、その人が山荘ではどんな様子だったか、最期はどういう状況だったのかを伝えるのも、仕事のうちだ。気が重い仕事だが、逃げることは出来ない。

シートに包まれた遺体を、山小屋から運び出す。死後硬直が解けたオロクは、全身の力が抜け落ちていて、まるで巨大な軟体動物を運んでいるようだ。

♪僕の髪が　肩までのびて——

唐突に、あのメロディが小山の中に流れた。

今、一番、思い出したくない歌だ。歯を食いしばって、小山は耐えた。

ヘリの脇まで来ると、吉沢は遺体にネットをかけ、吊り下げの準備を始めた。アルバイトの谷藤が、驚きの声をあげる。

「遺体、外に吊って運ぶんですか？」

「ああ。もちろん」

「も、もちろんって……そんなの、生島さん、可哀想じゃないですか！　機内に入れて運んであげて下さい！」

吉沢は、面倒くさそうに小山を見た。きちんと教えておけという意味なのだろうが、小山は無視をした。仕方なさそうに、吉沢は谷藤の方に向き直った。

「航空法上、オロクは人じゃなくてモノなんだよ。だから外でいいんだ」

「モノ？」

「そう。生きていれば人間。でも、死んだら、ただのモノだ」

「……」

「それに、このヘリじゃ狭すぎて、どっちみち中には乗せられない。それとも何か？

君は、小山くんに、オロクの代わりに外にぶら下がってくれとでも言いたいのか？」

「……」

「今までは、県警の警備隊が何時間もかけて徒歩で遭難者や遺体を下ろすしか方法がなかったんだ。それ考えたら、いくら外に吊り下げだろうが、ヘリで素早く下ろせることの方を感謝してもらいたいね」

谷藤は黙り込んだ。代わりに小山が、

「いつも、感謝してますよ」

とだけ答えた。そして、自分のザックと、生島の赤いザックを持って、ヘリの中に乗り込んだ。機内で待機していたパイロットがエンジンの回転速度を上げる。辺りの砂がまるで煙のように舞い上がった。

ヘリが浮く。

その機体が、五メートルほど上昇すると、真下に永井が駆け寄り、機体の下から垂れ下がっているロープの金具に、遺体のロープをしっかりと結わえ付けた。そして、両手を大きく開いて振り、上昇ＯＫの合図をパイロットに送った。

回転音が大きくなり、ヘリは一気に高度を上げた。あっという間に永井や谷藤、上田たちの表情はわからなくなり、稜ヶ岳山荘が、緑の絨毯の中に置き忘れられた食玩のように小さくなった。

小山は、生島の赤いザックを改めて見た。留め具に紐がついていて、それは、チャックがついたポケットの中につながっている。そして、その先には、使い込んだ緑の革製の定期入れがあり、生島が婚約者らしき女性と一緒に笑顔で写っているモノクロの写真が入れられているのを、小山は知っていた。

「いやぁ、今日は天気がよくて気持ちいいなぁ」

吉沢が、窓からの山の絶景を見ながら声をあげた。

小山はヘリコプターの下に吊り下げられた生島の遺体に目をやった。

――朔ヶ岳の山頂からの景色が見られなかった分、せめて、この景色を君も楽しんでくれ……

小山は、心の中で、そう生島に語りかけた。

その後、二〇分。たったの二〇分で、ヘリはその景色を、雄大な山々から、のどかな田園地帯へと変えた。民家がちらほらと見えるようになり、やがて、長い滑走路が見えてくる。松本空港である。空港の建物や管制塔を過ぎた片隅の地面に、Ｈマークがある。それが、アルプス航空の使用しているヘリポートだ。下では、吉沢が着ているのと同じ紺色のユニフォームの隊員たちが待機している。地元の消防隊員の姿もふたり見える。アルプス航空の隊員が、両腕を水平に伸ばし、ヘリにホバリングをするよう指示してくる。オロクを先に下で回収してもらうため、吊り下げているロープを延ばす。待機していた消防隊員ふたりが、風を受けながら、ストレッチャーを押して真下に来る。オロクの回収は、素早く行われた。

その後、ヘリは再び手信号で誘導されながら、Hマークの上に、無事、着陸した。

「ありがとうございました」

小山は吉沢に挨拶をすると、一足先にザックをふたつ抱えてヘリを降りた。そして、生島のオロクと共に、待機していた救急車に乗った。行き先は、松本警察署だ。

重かった心が、ますます重くなってくる。

救急車が署の裏の搬入口に着くと、待機していた若い警官がふたり、駆け寄ってきた。

「生島実さんのご遺体、松本空港より搬送しました」

そう消防隊員が言うと、警官たちは「お疲れさまです」と言って、ストレッチャーを救急車から下ろすのを手伝った。消防隊員二人と警官二人が、生島を乗せたストレッチャーを押して、裏玄関から署内に入っていく。小山もその後について薄暗い廊下を進んだ。

霊安室と書かれた札がついたドアの前まで来ると、廊下のベンチに座って待っていた年配の夫婦と若い女性が、すっと起ち上がった。

白い清楚なワンピースに、目鼻立ちが整ったきれいな顔。生島のザックにあった写真の女性であることがすぐにわかった。年配の夫婦は、生島の両親に違いない。

誰も口を開くことなく、そのまま遺体と一緒に霊安室の中へと入った。

「ご確認、お願いします」

中に入ると、若い警官がシートを紐解き、生島の顔を露にした。

若い婚約者は、両手で口を押さえた。母親が、嗚咽を漏らした。父親はただ、怒ったように、生島の死に顔を見つめていた。

「……息子です。間違いありません」

やがて、父親が静かに答えた。若い警官は、すぐにシートをかけ直した。やりきれない思いを抱えたまま、小山は廊下に出た。

「わざわざヘリコプターで運んで下さったんですね。遠いのにすみません」

背後から、生島の母親に声をかけられた。

「息子が、たいへんご迷惑をおかけしまして、申し訳ありませんでした」

「いえ、自分は何も……」

深々と頭を下げられ、小山は狼狽した。

「あ。自分は、稜ヶ岳山荘で働いております小山といいます。これ、生島さんのザックです」

小山は母親に、生島の赤いザックを手渡した。

それから小山は、生島が山小屋に来てから、朔ヶ岳の山頂アタック前に落石が原因による滑落事故で亡くなるまでの経緯を、かいつまんで話した。両親はうなずきながら聞き、婚約者の女性は終始下を向いたままだった。

「助けられなくて、本当に残念です……」

小山は最後に、絞り出すようにそう付け加えた。

「いえ。この子が勝手に山に登って、勝手に起こした事故ですから。本当に、ご迷惑をおかけしました」

母親は、また頭を下げた。それから、持っていた風呂敷包みを小山に差し出し、

「あの、これ、つまらないものですが……」

と言った。

「え？」

「本当はもっとちゃんとしたものを持って来たかったんですが、ドタバタ出て来てしまって、こんなものしか差し上げられなくて、すみません……」

「いえ、そんな」

「どうか受け取って下さい。ほんの気持ちですから」

「勘弁して下さい。ぼくは、息子さんを助けることが出来なかったんですよ……」

小山の声が少し上ずった。が、それでも母親は、

「それでも出来るだけのことはやって下さったんですから、そのお礼です。どうか受け取って下さい」

と言って譲らなかった。結局小山は、その包みを受け取った。

「ありがとうございました」

薄暗い霊安室前の廊下で、母親は頭を下げた。

「ありがとうございました」

父親も頭を下げた。

「ありがとうございました」

そして、婚約者の女性も頭を下げた。涙は止まっていなかった。

♪僕の髪が　肩までのびて
君と同じになったら
約束どおり　町の教会で
結婚しようよ……

再びあの歌が、小山の頭の中で流れた。

小山は目をつぶり、懸命にその歌を頭から追いやると、両親と婚約者に一礼し、逃げるようにその廊下から立ち去った。生島の母親からもらった風呂敷包みが、ずっしりと重たかった。署の玄関を出る時、制服警官が数人で、

「遭難事故の処理って、本当に面倒くさいよ」

「死ぬ危険がわかってて、なんでわざわざ、山に登るのかね」

「自業自得としか言いようがないよな」

とヒソヒソ話す声が聞こえたが、小山は振り返りも立ち止まりもしなかった。

彼らは、オロクでしか見ていないから、あんなことが言えるのだ。生島の笑顔や、

彼の歌う「結婚しようよ」を聴いていないから言えるのだ。

命失われる瞬間の、あの無念の涙を見ていないから言えるのだ。


——落石を受け、若い男性が、滑落。

生島たち同様、朔ヶ岳を登っていた大学生数人のパーティが、その情報を知らせに小山の山荘に駆け込んできたのは、生島が笑顔で山小屋を出立してから四時間後のことだった。

滑落距離は約二〇〇メートル。全身強打。頭部から出血。

小山はすぐに無線で救助要請をした。が、吉沢からの返答は、

「ガスが出ているのでヘリは飛べない」

というものだった。長野県警の山岳警備隊にももちろん連絡をした。途中で日が暮れてしまうので、出発は明日という返事だった。熟練のクライマーでも、登山口から現場にたどり着くまでに七〜八時間はかかる。医者が登山に素人の場合は、その倍近くかかる。下手をすると、到着は明後日だ。

とにかく、山荘に運び込んで応急処置をするしかない。小山と永井は、徒歩で現場に向かった。

目撃者の報告通りの場所に、生島は倒れていた。

「生島さん！　山荘の小山です！　わかる？」

駆け寄り、声をかけた。返事はない。が、生島の鼻に自分の耳を近づけると、わずかにまだ息があった。

小山は、持ってきた救急用具を使って、折れていると思われる生島の左足に副え木をしてテーピングをした。

「生島さん！　山荘に帰るよ！」と言うと、小山は永井の手を借りて生島をおぶった。

生島は、小山の耳元で、声にならない声で言った。

「迷惑かけて……すみません……」

風の中でやっと灯っているろうそくの火のように、今にも消え入りそうな声だった。

「何言ってるんだ！　山は助け合いだ！　相身《あいみ》互《たが》いだ！」

小山は大声で言った。そして、生島の重みで転倒しないよう、一歩一歩慎重に踏みしめながら歩いた。途中で陽が落ち始め、西の空がうっすら茜色に染まると、

「きれいな夕焼け空だよ！　生島さん！　見える？」

と生島の意識が飛んでしまわないよう、必死に話しかけた。

山荘に着く前に日が暮れた。永井が懐中電灯で足元を照らし続けてくれた。山荘の

玄関の前では、アルバイトの谷藤が泣きそうな顔をして待っていた。

「吉沢さんから、今、また連絡がありました。『明日晴れたら朝一で行くから、それまでなんとか頑張ってくれ』って」

谷藤の報告を、小山は絶望的な気持ちで聞いた。

――明日朝まで頑張れ？　医者のいないただの山小屋で、こんな重傷者がどうやって頑張れるって言うんだ！

山小屋の粗末なベッドに寝かせ、出血部にタオルを当て、圧迫し、ひたすら止血を試みた。それでも生島の顔からは、更に血の気が引き、蒼白になっていく。

「生島！　死ぬな！　おい！　麗子ちゃんと結婚するんだろ？　来月の結婚式、あんなに楽しみにしてたじゃないか！」

同行していた友人が、何度も叫んだ。

「あ……た……」

生島は口を開くが、もう言葉は紡げなかった。ただ、両の目から涙がこぼれるのを、小山たちは見つめるだけだった。

――ここに、医者がいてくれたら……

嗚呼。山小屋で働き出して三年。同じことを何度思ったことだろう。

その日の深夜、生島は息を引き取った。朝までは、やはり、もたなかった。

松本署の目の前のバス停から、国鉄の松本駅行きのバスに乗った。そして、松本駅で、東京行きの特急切符を買った。駅員に切符を切ってもらい、改札を抜けると、木製の古い階段があった。東京行きの列車に乗るには、その階段を上って向かい側のホームに渡らなければならない。小山の登山用の靴には、階段の幅がやや狭かった。つま先を立てるようにして上がり、下る時はかかとに力を入れて慎重に降りた。

すぐに、アイボリー色の車体に赤い線が入った「特急あずさ」がホームに入ってきた。「松本〜、松本〜」という駅員の声がホーム中に響き渡る。数人の登山の恰好をした客が降りるのを待ってから、小山はザック片手に電車に乗り込んだ。

車内は空いていた。小山の周囲には誰もいなかった。

椅子に腰を下ろし、ザックを網棚に上げ、「ふう」と大きく息をつくと突然、自分が猛烈に空腹だということに気がついた。考えてみると、朝五時に冷や飯で茶漬けを食べたきり、何も口にしていない。だが、弁当は買っていない。

小山はふと、生島の母がくれた風呂敷包みに目をやった。紺色の無地の風呂敷をゆっくりと開けてみる。中には、深めの大きな折り詰めがあり、フタを開けると、実に美味しそうな手羽先と根菜類の煮物が入っていた。よく出汁の染み込んだ煮玉子も一緒に添えてある。折り詰めとともに、ご丁寧に割り箸も三膳入っていた。

「ああ……なんでこんな……」

小山は呻いた。遠方から息子の遺体を運ぶ小山たちを思って作ってくれたのだろう。胸が締め付けられ、涙が溢れそうになった。自分に、これを食べる資格があるとは思えなかった。思えなかったが、生島の母の心遣いを無にすることも出来なかった。

「すみません……いただきます」

両手を合わせてから、小山は箸を伸ばした。

煮物は、滋味深く、懐かしい味で旨かった。手羽先は簡単に骨から身離れするほど軟らかく煮えており、根菜も鶏の旨味を余すことなく吸い、煮玉子も本来の味の濃厚さを更に際立たせているように感じられた。

旨すぎて、つらかった。

ふいに、山で働くと決めた時、永井から言われた言葉が甦った。

――小山。山を嫌いにならないようにがんばれよ……

あれは、小山が社会人になって三年目。会社の夏休みをすべて使って、穂岳連峰を単独山行していた時だ。稜ヶ岳山荘を訪れると、すでにそこで五年も働いている山男が笑顔で迎えてくれた。それが永井だった。

*

その夜、酒を飲みながら、小山は永井に言った。

「オレ、今の仕事、辞めようかと思ってるんです。工場で医薬品の梱包やってるんですけど、毎日同じことの繰り返しでつまらなくて……」

「ふーん」

「もっとこう、好きなことを仕事にしたいんですよね」

「好きなことって?」

「そりゃ、山ですよ。オレ、毎日好きな山に囲まれて仕事してる永井さんがうらやましいですよ」

「……オレ、山が好きだなんて言ったか?」

「え?」

「言っとくけど、オレは山なんて大嫌いだよ」

「は？」

「正確に言うと、嫌いになった……かな。この仕事して。山は、楽しいことばかりじゃないからな」

「そりゃ、山登りはつらいことだらけですけど――」

「や、そうじゃない」

永井は寂しそうに酒を呷った。

「山で働くので一番つらいのは、山で人が死ぬのを何回も見なけりゃならないとこさ」

「！」

「小山くんて言ったっけ。頼むから、君は遭難しないでくれよな」

「……」

＊

あの時は、永井の言葉が、あまりピンと来なかった。会社が嫌いだ。山は好きだ。

それだけで、結局、会社を辞めて山小屋の従業員になった。

そして今、確実に自分も、山を嫌いになりかけている。

――だからこそ、今、東京に行くのだ。絶対に、手ぶらでは帰らないぞ。

そう心に誓いながら小山は、三人前はあるその煮物をひとりで全部たいらげた。

2

久々の東京は蒸し暑かった。少し歩くだけで息苦しく、高度二五〇〇メートルの山よりも、東京の方が酸素が薄いのではないかと疑ったほどだ。

新宿駅の構内で、何度も人にぶつかり、その都度、大きなザックを不快そうに睨み付けられた。ミニスカートやホットパンツをはいて足を大きく露出させている若い女性が多く、目のやり場にも困った。西口に出て辺りを見回すと、晴れているのになぜか白っぽい空に、巨大な建物がそびえ立っているのが見えた。

「なんだあれ⁈」

思わず口から出た。

「へ～、兄さん知らねえのかい。ありゃあ去年出来た京王プラザホテルっつんだ。四七階建てだぞ！　たまげるよなぁ」

見上げていると、浮浪者と思しき老人が親切に教えてくれた。擦り切れて汚れた襟付きシャツに汚いズボン。顎も頬も髭だらけで顔もいつ洗ったのかわからないほど垢で黒ずんでいる。白髪まじりの汚い頭は、まるで鳥の巣のようだ。

「これ、食うか？」

と老人はポケットから一本の黒ずんだバナナを出して小山に差し出した。それで初めて、自分も浮浪者と思われていることに小山は気がついた。

「けっこうです」

と言い、急いで目の前のデパートの中に駆け込んだ。こりゃまずい。これからの自分の任務には、ある程度の清潔感も必要だ。不快臭としか思えない香りが充満する一階の化粧品売場を走り抜け、男性用トイレに走り込む。カミソリと石けんを出して髭を剃り、顔を洗い、髪も手櫛でなんとか整えた。

それから、炎天下の甲州街道を西に向かって歩く。初台の交差点を越えてほどなく、最初の目的地が見えてきた。

聖カタリナ医科大学附属病院。

京王プラザホテルを見た後だとなんとなく小さく感じるが、実際には、松本市内の一番大きな病院とほぼ同じ規模だ。まだ築年数が浅いのだろう。壁は汚れのないクリーム色で、大きな窓ガラスが太陽の光をキラキラと反射して美しかった。小山は顔の汗をタオルで拭き、髪を再び手櫛で整えると、深呼吸をしてその病院の中に入った。

正面玄関を抜けると、いきなり吹き抜けの大きな待合室。どこに行けばいいのかと辺りをキョロキョロ見回していると、「どちらにご用でしょうか？」という女性の優しい声が背後から聞こえた。振り向くと、白いブラウスに紺色のベストとスカートという制服姿の女性が立っている。胸には「案内係」というプレートをつけていた。天地真理にそっくりのヘアスタイルをしているせいか、顔まで天地真理に見える。

「久保田先生に会いたいんですけど……」

「何科の久保田でしょうか」

「それはちょっとわからないんですけど……」

言った途端、女性が一瞬不審そうな表情に変わった。

「自分は患者ではなくてその……久保田先生に折り入って話がありまして……」

「先生とはお約束をされていますか？」

「いいえ」

「それではお名前をいただけますか？」

「稜ヶ岳山荘の小山雄一と言えばわかると思います」

「リョウガダケサンソウ？」

「はい。その……山小屋です。日本アルプスの」

「……少々お待ち下さい」

不審そうな表情は変わらなかったが、それでも案内係の女性は、受付カウンターの中に入り、黒い内線電話をダイヤルし始めた。

その間、小山は、辺りを観察した。

待合室に並べられた茶色い長椅子はほぼ満席で、大勢の患者が順番を待っている。これだけの患者を診るためには、医者や看護婦も、さぞやたくさん勤めていることだろう。

内線電話を終えた天地真理似の女性が、

「第一内科の外来窓口でお待ち下さい」

と言った。小山は教えられた通り、広い廊下を右に曲がり、第一内科外来と書かれたプレートの前まで歩いた。そして、今度は内科受付で、改めて久保田への面会を頼んだ。

三〇分ほど待っただろうか。

「小山さーん、診察室へどうぞー」

と、まるで患者を呼ぶように看護婦に呼ばれたので、小山はカーテンで仕切られた小さな診察室の中に入った。

「小山くん！　どうしたの？　びっくりしたよ！　君と東京で会うなんて、なんだか妙な感じがするねえ」

内科医の久保田次郎は、そう言いながら、物珍しそうに小山を上から下まで見た。久保田は毎年一度は稜ヶ岳山荘を訪れる常連客で、登山に関しては、小山も助言をもらうほどの上級者だ。

「久保田先生こそ、随分感じが違いますね」

「あはは。そりゃああんな恰好じゃ仕事出来ないよ」

と久保田が笑う。久保田が山荘を訪れる時は決まって、少し長めの前髪を下ろし、ジョン・レノンや、ビートルズのメンバー全員が大きくプリントされたTシャツを着ているのだ。夜、酒が入ると、誰も聞いていないのに、「ビートルズが解散したのはオノ・ヨーコのせいだと言われているが、ボクはそうは思わない！」などと、ひとりでビートルズ談義を始めるのでも有名だった。が、今、目の前にいる白衣姿の久保田は、長めの前髪をオールバックにしてポマードで固め、すっきりとしている。

「で、どこか具合でも悪いの？」

久保田が切り出してくれたので、小山はすぐに本題に入ることにした。

「実は折り入ってお願いがあって来たんです」

「何？　電話では無理なこと？」

「実は昨日、若い男性登山者が滑落事故で亡くなったんです。山荘まで運んだ時はまだ生きてたんですけど、ヘリが天候の悪化で飛べなくて……」

「あー、それは気の毒だったね」

「はい、それで、つくづく、山荘にもお医者さんが必要だと思いまして」

「え？」

小山は椅子から起ち上がり、深々と久保田に頭を下げた。

「久保田先生、うちの山荘で働いてもらえませんか？」

「はあ？」

「もうこれ以上、山で命を落とす人を増やしたくないんです！　苦しんでいる人を、ろくな手当ても出来ずにただ見ているだけなんて耐えられないんです！　ピークの夏だけでいいです！　なんとか、稜ヶ岳山荘に登山者のための診療所を開きたいと――」

「おいおいおいおい。ちょっと落ち着け」

いきなりの小山の大声に久保田は慌てた。

「わかったから、まずは座れ。ここの会話は、隣の診察室にも丸聞こえなんだぞ」

「あ、すみません」

小山が座ると、久保田は腕組みをして黙り込んだ。

「久保田先生なら、山で医者を必要とする人がどれだけいるか、ご存じですよね？」

「それはまあ、ね」

小山は以前、たまたま山荘に宿泊していた久保田に、急な病人をひとり、診てもらったことがあった。久保田はあまり気が進まなそうだったが、それでも的確な処置をしてくれたお陰で大事に至らずに済んだのを、小山はよく覚えていた。

「お願いです。久保田先生のように山を熟知した先生がいてくれたら、たくさんの命を助けられると思うんです」

それでも久保田は、なかなか口を開かなかった。

「先生！」

「……いや、小山くんの気持ちはわかるよ。わかるけど、ボクが山に登ってるのは、あくまで趣味だからねぇ。それが仕事となると、悪いけど、話は別だよ」

「別？」

「さっき待合室見たでしょう？　医者を必要としている人は、むしろ山より、ここの方が多いんだよ」

「……」

「今、ボクがここの勤務を抜けるわけにいかないってことだよ。山でひとりの患者を診る間に、ここで二〇人の患者をボクは診られる」

それでも小山は食い下がった。

「夏のピーク時だけでもいいんです。何人かの先生で交替制にしていただいてもいいです。たとえば三人の先生に三日ずつで交替で入ってもらえば――」

が、久保田は、小山の言葉を最後まで聞いてはくれなかった。

「小山くん、すまない。無理なものは無理だ」

「！」

「それにね、正直言うと、ボクにとって山は、唯一仕事から離れて自分らしくいられる場所なんだよ。だから、その山を仕事場にしたくないんだ」

「……」

と、カーテンでしきられた隣の処置室から看護婦が現れた。

「久保田先生、ＩＣＵの佐藤さん、血圧が少し下がり始めてます」

「わかった。すぐ行く」

そして、久保田はサッと立ち上がった。

「小山くん、悪いね。患者の容態が悪化したようなんだ」

「すみません、お忙しいところお邪魔しました」

「協力出来なくて申し訳ない」

それから久保田は「じゃ、また山で」と屈託のない笑顔で手を挙げ、足早に診療室を出ていった。


小山は、重い足取りで聖カタリナ病院を出ると、玄関前のベンチに腰を下ろし、ザックから、古びた大学ノートを取り出した。山荘の食堂から持ってきたノートだ。ノートの灰色の表紙には、「稜ヶ岳山荘訪問者名簿」と書かれている。開くと、訪問日、名前、住所、電話番号、職業、勤務先、勤務先住所の欄がある。小山は、昨夜のうちに、その職業の欄に「医師」と書いた人物全員に、赤色鉛筆で印を付けていた。そして中でも、はっきりと勤務地や自宅住所がわかる医者には、大きな丸印を付けていた。東京、千葉、神奈川、埼玉で、その赤い丸印が付いた医者は、全部で七人いた。小山は、久保田の欄に×印をつけ、気を取り直して次の候補者を確認した。木島学。住所は目黒区になっている。小山は東京都の地図を取り出してその場所を確認した。

——七人もいれば、ひとりくらいはＯＫしてくれるだろう。みんな、ただの医者じゃないんだ。標高二五〇〇メートルまで登ってこられる、熟練のクライマーたちなんだから。

そう自分を励まし、小山は立ち上がった。

再び新宿駅に戻り、山手線に乗り込む。平日の午後でも、山手線は混んでいた。小山はザックが人の邪魔にならないように、電車の隅に立った。天井の扇風機がブーンという音を立ててフル回転しているが、そこから来る風は、生ぬるく、気持ちのいいものではなかった。目黒駅で私鉄に乗り換え、更に一五分。小山は郊外の小さな駅で下車した。東京でも有数の高級住宅街らしい。その住宅街の一角に、目指す「木島医院」はあった。

古風なヨーロッパの洋館を思わせるような、二階建ての古い建物だった。建物の両脇には、屋根と同じくらいの高さのどっしりとした桜の木が植えられている。春にはさぞ美しいだろう。庭には花壇もあり、ひまわりの花が誇らしげに咲いていた。丸いレトロなドアノブをひねって中に入ると、すぐにロビーと受付がある。診察待ちの患者が五人座っていた。小山はさっそく受付にいる年配の女性に、自分の名前と、木島と話したい旨を伝えた。少し待つように言われ、小山は目の前に並んでいる古い革製の茶色いソファーのひとつに腰を下ろした。室内の壁は真っ白で、下の部分には焦げ茶色の腰板が貼ってある。木目の床も掃除が行き届いていて清潔感が溢れている。木製のコートかけやスリッパたてなど、すべてのものがレトロで、それだけで芸術品に見える。古いものを長く大事に使うお手本になるような医院だ。

待合室で待っている患者は皆年配だが、真夏とはいえ、薄手のカーディガンを羽織ったりして、きちんとした服装をしている。ここの土地柄を象徴するかのように、医院全体が上品な雰囲気に包まれていた。

患者の診療が一通り終わるまで、小山はその待合室で待ち続けた。

「小山さん、お待たせしてすみません、応接室へどうぞ」

そう声をかけてもらえるまで、一時間と少し、かかった。

奥の応接室には、アンティークなベルベットの赤いソファーセットが置いてあり、テーブルの上には白百合の花が一輪だけ上品に飾られていた。ソファーに掛けて待っていると、白衣姿の木島学が足早にやってきた。黒縁の四角い眼鏡に、きれいに七三分けをした髪で現れた木島は、驚いた目をしながらも、落ち着いた声で言った。

「小山さん、お久しぶりです。ぼくもそろそろ稜ヶ岳に行きたいなと思っていたところだったんですよ。ところでどうされましたか？　どこか調子でも？」

久保田医師と同じことを木島も言った。

「いえ、今日はひとつお願いがあって来ました」

「お願い？」

「はい。実は昨日、滑落事故がありまして、お医者さんがいたら助かったかもしれない若い男性が、結局、亡くなられてしまいました……」

「あー。そうなんですか……」

「秋には結婚を予定していた人で……お相手の方とご両親に松本の警察署で少しだけお会いしましたが……本当に、深く悲しまれていて……」

「そうでしょうね……それはお気の毒でしたね」

木島は、本当に気の毒そうな顔をして言った。

「夏山では、病人や怪我人が後を絶たないのに、山荘では応急処置すらままならない状態なのはよくご存じですよね？　それで、山に常駐して下さるドクターがいてくれたらどんなにいいかと思いまして」

身を乗り出して小山は言った。

「そうですよね。登山者数も年々増えていますから、それはぼくも同感です」

「！　ほ、本当ですか？」

「ええ。小山さんの意見には大賛成です。常駐の医者がいれば、助かる遭難者も増えるし、登山者の皆さんも安心でしょう。それに、医者にとっても、何もないところで応急処置能力を磨くというのは、必要な訓練だと思いますよ」

「よかった！　先生ならご理解いただけると思ってました！　ありがとうございます！」

小山は飛び上がらんばかりに喜んだ。そして、木島の両手を握りしめ、

「木島先生！　ありがとうございます！　オレ、小屋改造して立派な診療所を作りますから、一緒に頑張りましょう！　本当にありがとうございます！」

「え⁈　ぼ、ぼく⁈」

急に、木島の顔色が変わった。

「え？　だって、今、大賛成だって――」

「いやいやいや、ぼくは無理ですよ」

「え？」

「そりゃ、小山さんの意見には大賛成です。行けるものなら自分で行きたいです。でもね、ここは個人病院なんですよ。五代目の院長として、ぼくはこの木島医院をしっかりと守っていかなきゃいけないんです。去年オヤジが死んで以来、それはもう、本当に大変で」

「……」

　ここでも小山は食い下がった。

「夏のハイ・シーズンに何日間かだけでもいいんです。交替で何人かの先生に入っていただければきっと――」

「うんうん。それもいい考えですね」

「！　でしたら――」

「でもそういうのは、大学病院のような大きい病院の医師に当たるべきだと思いますよ。人員的にも、予算的にも、それから設備的にもね。うちなんかよりそっちの方がずっと効率的ですよ、きっと」

「いえ、自分としては、山をよく知っている方にぜひお願いしたいと……」

「うんうん。小山さんの気持ちはよくわかります。でも、小山さんは、東京の個人病院の経営については全然ご存じない」

「……」

「大丈夫。小山さんのアイデアは素晴らしいです。ぼくはお力になれませんが、どうか、諦めずに頑張って下さい。応援してますから」

木島はそう言うと、「ではこれから往診がありますので、これで」と言って、奥に引っ込んでしまった。

ぬか喜びの反動で、疲労がどっと出るのを感じたが、すぐに気を取り直し、次の目的地目指して木島医院を出る。落ち込んでいる暇はないのだ。リストには、まだ五人の候補者が残っている。

次は、お茶の水にある総合病院だ。


真夏の長い一日が暮れようとしていた。電車を乗り継ぎ、御茶ノ水駅に降り立った時には、すっかり夜になっていた。改札で切符を回収していた若い駅員に道を訊く。順同総合病院への道を尋ねる人は多いらしく、駅員は慣れた様子で道を教えてくれた。

言われた通りに橋を渡り、川沿いの道をまっすぐ進むと、程なく右側に目的の病院が見えてきた。

　地上六階建て。時間が遅いので、正面玄関からではなく、夜間面会受付のある裏側から中に入った。警備員たちが詰めているカウンターに行き、

「すみませんが、石渡先生とお会いしたいのですが。小山といいます。稜ヶ岳山荘の小山です」

と声をかけた。

「アポイントはとっていますか？」

「いえ」

「少々お待ち下さい」

　警備員は内線の電話をダイヤルした。電話のやりとりから推測するに、石渡は最初、小山と言われてもピンとはこなかったようだ。それはそうだろう。仕方がない。

　一〇分後、銀縁眼鏡をかけた白衣姿の石渡邦男がゆっくりとやってきた。

「お待たせしました」

　石渡は、だいぶ後退して広くなった額をかきながら、笑顔を見せた。

「小山さん、久しぶりですねぇ。そっちの部屋に移動しましょうか」

石渡は、すぐ近くにある小さな会議室のような部屋に小山を通した。ちょっとした打ち合わせなどに使っているのか、会議用のテーブルがふたつとパイプ椅子が四つ置いてあるだけの狭い部屋だった。石渡は落ち着いた雰囲気で穏やかに言った。

「どうしたんです？　もしかして調子でもお悪いんですか？」

また、同じことを言われた。

「いえ。実は、稜ヶ岳山荘に夏の間だけでも臨時の診療所を作りたいと思っているのです。もし可能であれば、石渡先生にもご協力頂けないかと思いまして……」

小山は単刀直入に要点だけ述べた。

「ほう。山の診療所ですか」

「はい」

石渡はかけていた眼鏡を外してテーブルの上に置き、それから腕を組んで大きなため息をついた。

「私もね、稜ヶ岳にはもう三〇年もお世話になっている。いや、あれだけの登山者が利用しているんだから、夏の間は医者が常駐していた方がいいだろうとは、かねがね思っていたんですよ」

「ほ、本当ですか？」

「ええ。だから来年ここを定年退職したら、夏の間だけでも協力したいと思って、こちらから提案しようと思っていたくらいなんですよ」

「そ、そうですか！　では、ぜひ――」

小山はパッと顔を輝かせた。が、石渡の表情は逆に暗くなった。

「ただね……」

「はい？」

「実は私、最近腰痛がひどくなってきましてね」

「え……」

「もともとヘルニアはあったんだが、加齢のせいか、前より痛みが出やすくてね。ちょっとした階段の上り下り程度で、急に痛くなることもあったりして――」

もう、最後まで話を聞く必要もなかった。石渡の表情から、この話を引き受けてくれる可能性がないことを、小山はすぐに悟っていた。

石渡は小山をドアまで見送ってくれ、

「いい先生が見つかるようにお祈りしてますよ」

と言った。

「ありがとうございます。先生もどうか、お大事に」

小山は頭をぺこりと下げ、病院を後にした。腰が時々痛いのと、あなたが愛している山で人が死ぬのと、どちらが重大ですか――という言葉は飲み込んだまま。

気持ちを切り替え、明日訪ねる四人の医師の住所を改めてチェックした。スタートは新橋近辺なので、動きやすいように宿もその辺りに取った。近くの酒屋で一本だけ缶ビールを買い、「決して諦めないぞ」と決意を新たにしながら飲んだ。

だが、翌日も、まったく成果は上がらなかった。

ひとり目の医師には、「今の病院を一日たりとも離れることは出来ない」と断られ、ふたり目の医師には、「山登りに飽きてきた」と断られ、三人目の医師には、「山に診療所など作る必要はないと思う」と反対され、最後の医師には「大学での研究に集中したいので」と断られた。

その日の夜、小山は新宿の西口にある公園のベンチに腰を下ろし、蒸し暑い澱んだ空気の中、ぼんやりと星のない空を眺めていた。深夜だというのに、制服姿の高校生カップルが抱き合ってジャングルジムにもたれている。そこから少し離れたベンチでは、ボロ切れのような汚い服をまとった浮浪者が横になっている。小山はザックからノートを取り出すと、もう一度丹念に見た。だが、交渉出来そうな医師は、もう見つからなかった。

この先一体どうすればいいのか。医者不在のまま山小屋を続けるべきか、それとも、いっそのこと、山小屋など辞めて山を下りた方がいいのか——。

小山は力なく立ち上がった。深夜運行の長距離バスの発車時刻が迫ってきたからだった。ハイ・シーズンの山小屋業務を、何日も放り出し続けるわけにはいかない。永井に頼まれていた『あしたのジョー』の新刊のことは、すっかり忘れていた。

3

翌日、午前四時。小山は稜ヶ岳山荘に向かう登山道を登り始めた。

最初のうちは、ゆるい登り。が、すぐにその勾配はきつくなっていく。小山の前後に他の登山者の姿は見えない。自分が踏みしめる地面の音、時折風に揺れる木々の葉の音、鳥のさえずり——耳に入ってくるのはそれだけだ。

首からかけたタオルで頻繁に顔の汗を拭いながら、ひたすら上を目指す。

沢。

細くて険しい岩を砕いたような足場の悪い道。

過去に熊が出たことのある鬱蒼とした森の道。

が、大好きなその登山道を歩きながらも、小山の心は晴れなかった。東京での医師たちとのやりとりが何度となく思い出され、その都度、陰鬱な気持ちになった。それを振り払うように、小山は足取りを速めた。

途中、何組かのパーティを追い抜いて、五、六時間は登っただろうか。チングルマの花畑が続く、日陰のないなだらかな登山道の一角で、小山は、足を投げ出しぐったりと座り込んでいるひとりの男を見つけた。近寄ってみると、大きな岩にもたれて目を閉じている。額に汗を滲ませ、顔は蒼白だ。年齢は小山と同じくらい。半袖のTシャツに半ズボンという軽装。七三分けにした前髪は汗で乱れ、牛乳瓶の底のような分厚い眼鏡の上に垂れ下がっている。

「大丈夫ですか？」

男は、小山の声にびくっとして目を開けた。

「あ…こんにちは……」

男は、苦しそうに呼吸をしながら、意外にも、笑った。

「すみません。喉が渇いちゃって」

男は空になった水筒をおどけた顔で逆さにして見せた。

「でも、休んだからもう大丈夫です。大したことは…ないと…思いま……」

立ち上がろうとした男は、その場に再び座り込んだ。

「わ！　フラフラじゃないか！　これを飲め！」

小山は自分の水筒を開けると、男を揺り動かしてその口元につけた。

男は息も絶え絶えに小山の水筒を受け取ると、ゴクゴクと口から水を溢れさせながら、むさぼるように飲み始めた。

「あ、全部は飲まないでくれよ！　オレのがなくなるだろ！」

「あ…すみません。あんまり美味しくて……」

男は口元についた水を腕でぬぐい、笑顔でそう言った。

「ごちそうさまでした。こういうところで飲む水っていうのは、格別ですね。お陰で生き返りました。ありがとうございます！」

小山は、その男の能天気ぶりにだんだん腹が立ってきた。

「あんた、すでに立派な遭難者だよ」

「遭難⁈」

「そうだ。遭難っていうのは、気象条件の悪化、装備の不備、技術、知識、体力の不足が原因で、自力で山を下りられない状態にあることを言うんだ。だからこんなところで水がないなんて言ってるのは、遭難したのと同じことなんだよ！　ヘリ呼ばれるぞ！」

　男は、瓶底眼鏡の奥にある瞳を見開き、

「ぼくが遭難⁈　これが遭難なんだ！　へ～、そうなんだ～」

とダジャレを言った。そして、自分が言ったダジャレに自分でウケて笑い出した。

「いい加減にしろ！」

　小山は怒鳴った。

「はい？」

「オレはあんたみたいに山をなめてる登山者が許せないんだよ！　遭難されて迷惑するのは、本人じゃなくて周りの人間だからな」

「いえ、ぼくは、山をなめてるつもりは――」

「水は持ってない。軽装で山に入る、底の薄い靴で登る。自分が直面している危機そのものに気づかない……すべてなめてるだろ！」

　更に声を荒らげて小山は言った。男はやっと自分の危機管理能力のなさに気づいたようで、

「……すみません……なにぶん、山登りは初めてなもので……」

と、しゅんとなって言った。

「ご迷惑をおかけしました」

そう言いながら、男は再び立ち上がろうとしたが、当然、体力は回復しておらず、ザックを背負った途端、またしても大きくよろめいた。小山は男を支えてやりながら、

「その体じゃ無理だよ。どこまで行くんだ？」

「今日は稜ヶ岳山荘に一泊して、明日、朔ヶ岳に登ろうと思ってたんですけど……」

「朔ヶ岳?!　君じゃ無理、無理！　あそこは上級者コースなんだから！」

「そ、そんなに難しい山なんですか……」

ここまでリサーチもせずに登ってくるバカもいるのかと、小山は驚いた。呆れた。

だが、このまま見捨てるわけにもいかない。

「稜ヶ岳山荘までなら一緒に行ってやるよ」

「でも、これ以上あなたに迷惑をかけるわけには……」

「ここで死なれる方がもっと迷惑だ。それに、稜ヶ岳に行くと聞いたらなおさら放ってはおけない。あそこはオレの職場だから」

「え？」

「ほら、ザックを渡せ」

「え?」

「おまえのザックを持ってやると言ってるんだ。それなら、まだ少しは歩けるだろう?」

小山は男のザックを自分のザックにくくりつけた。

「すみません、それじゃあお言葉に甘えて……」

男はよろめきながら立ち上がった。小山の腰と膝に、ずしんと男のザックの重みがかかった。

怪我人や遭難者の荷物を持ってやることは決して珍しくないのだが、夜行バスでの寝不足がたたっているのか、普段より体がきつかった。

男は「ほんとにすみません……」と、くどいほど謝り続けていたが、疲労のせいだろう、やがて黙って歩き始めた。


それから約三時間。小山は無事に、稜ヶ岳山荘に辿り着いた。

永井が、山荘の前で薪割りをしていた。

「永井さん、この人に水をお願いします」

そう言って小山は連れの男を永井に預けた。永井は男を食堂に連れて行き、長椅子に寝かせてから改めて水を飲ませた。男は一気にそれを飲み、そして、

「すみません。軽い熱中症とそれに伴う脱水が原因だと思いますので、水分と栄養をとって寝ていれば明日には元気になると思います。ご迷惑をおかけしてすみませんが、明日までお世話になります」

と言った。

「へええ。洒落たことを言うねえ。君、もしかして薬剤師さん？」

小山は訊いた。

「いいえ、違います」

「ふうん。あ。製薬会社の営業さんとか？」

「いいえ、違います。医者です」

「えっ、医者？」

「はい。そうは見えないってよく言われますけど」

そう言って男は照れ臭そうに笑った。

小山は呆気にとられて男を見つめた。こんなお気楽な医者もこの世にいるのか。

「どこのお医者さんなの？」

ありません」


「明慶大学病院です」

「明慶って、あの東京の名門の……？」

「はい。あ、ぼく、花村孝夫《はなむらたかお》といいます。本当に、いろいろご迷惑おかけして申し訳ありません」


その夜、小山は、野菜たっぷりのカレーを花村に食べさせた。花村は、「こんな旨いカレー食べたの、生まれて初めてです！」と感動し、ぺろりと完食した。そして、「消灯が八時なんて早すぎて、ぼくはきっと眠れないと思います」などと言っていたわりに、誰よりも早く寝た。そして、起きてきたのは、翌朝の一〇時近くになってからだった。

「おはようございます！　お陰様ですっかり元気になりました。ありがとうございました！」

すべての登山者を送り出し、アルバイトたちに賄いを食べさせ、その後片付けをしていた小山の背後から、花村は声をかけてきた。振り返ると、昨日に比べ顔色が格段に良くなった花村がいた。

「よかったね、元気になって」

「ところで朝ご飯は何時からですか？　たっぷり寝たら、またお腹すいちゃって……」

そう言う花村に、小山はテーブルを拭きながら答えた。

「もう終わったよ」

「え、だってまだ九時じゃないですか！」

「山小屋の朝は早いんだよ。六時にはもうみんな出発したし」

「ええっ?!」

小山は黙って厨房に行くと、とっておいた朝食をおぼんに載せて持ってきた。

「今回だけ特別」

「わ！　ありがとうございます！」

「あ、味噌汁は温めてあげるよ」

花村は、嬉しそうに食堂のゴザの上に座り直した。

「しかし……花村くんは、ほんとマイペースだよな」

味噌汁を温めながら小山は言った。

「よく言われます。あはは」

と花村は頭を搔いた。

「それにしても、どうして朔ヶ岳に登ろうと思ったの？　山好きって感じにも見えないけど」

「患者さんが言ってたんです。治ったらまた朔ヶ岳に登ってあの絶景を見るんだって。何度も何度も。でも、叶わなかった」

「……」

「骨肉腫でした。まだ一九歳だったんですけどね……」

「……」

「肺に転移が見つかって入院していた時、彼はぼくに随分と山の話をしてくれたんですよ。それで、彼があそこまでこだわった山って、一体どんなだろうと思いました。気がついたら、長野行きの電車に乗ってました。あははは」

「そうだったのか……」

「でも、無謀でしたね。小山さんに見つけていただかなかったら、本当に死んでいたかもしれません。命の恩人です、小山さんは。いつか、恩返しさせて下さいね」

「恩返し？」

「はい」

「……それ」

「？」

「それ……今すぐお願いしていいかな」

「へ？」

小山は、温まった味噌汁を花村の前に置くと、そのまま一気に切り出した。

「この山荘に、診療所を作ってくれないか」

「え。診療所、ですか？」

一瞬、花村の顔が強ばるのがわかった。それは東京で小山の申し出を断った医師たちの渋い表情によく似ていた。

「登山客の数が多くなるにつれて、怪我人の数も年々増えてるんだ。だから、ピークの夏の間だけでもいいから、ここで働いてくれる医者がほしいんだ」

無理だろうな、と思いながら、それでも小山は説明をした。花村はしばらく黙って考え込んでいたが、やがて、

「いろいろ難しいとは思いますが、でも前向きに考えてみます」

と答えた。まるで、政治家の国会答弁だなと小山は思った。それきり、その話題は終わった。

花村は翌日、朔ヶ岳の山頂に行き、そしてその足で下山することになった。別れ際

に小山は、大きめの水筒を一本、花村に渡し、

「今日も暑くなるから、これくらいは必要だよ」

と言い、

「あ、貸すだけだよ。いつか返してくれよ」

と付け加えた。

「わかりました。ありがとうございます。じゃあ、診療所のことは検討してお電話しますね」

と花村は答えた。期待していいのか、それとも、この場だけの社交辞令なのか、小山には判断が出来なかった。

花村は、元気な足取りで山小屋を出ていった。


それからずっと、小山は心の片隅で、花村からの電話を待った。

翌日。翌々日。電話はなかった。

更に翌日。そのまた翌日。電話はなかった。

一週間、待った。電話はなかった。

一ヵ月、待った。電話はなかった。

それから三ヵ月経ち、六ヵ月経っても、花村からの電話はなかった。

――結局、花村も口だけの男だったか。

小山は落胆した。永井からは、

「こっちから電話してみればいいじゃないか」

と言われたが、そういう気にどうしてもならなかった。


そのまま一年、花村からの連絡はなかった。

4

翌年。一九七三年八月。稜ヶ岳山荘にも、また短い夏がやってきていた。

その年から、小山は早朝、必ず山荘の前に立ち、双眼鏡で注意深く雲の様子を観察するのを日課にした。ラジオの天気予報も参考にし、毎日、登山客にその情報を伝えるのだ。気休め程度にしかならないかもしれないが、それが遭難事故防止の役に少しでも立ってくれればという思いからだった。

その日は積雲の一部と思しき雲が出ていた。

山小屋の朝は皆早く、六時前から、続々とザックを背負った登山客たちが山荘から出てくる。

「皆さん、今日は雷雨に気をつけて下さいね。少し早めに帰り着くようにして下さいね」

小山は出発していく客たちにそう呼びかけた。客たちは口々に「はーい」と答えてはいたが、抜けるような晴天の下、あまり真剣に聞いている雰囲気はなかった。

天気が急変したのは、その日の午後二時過ぎだった。地平線の向こうに現れた黒雲はあっという間に辺りを覆い尽くし、大粒の雨を降らせ始めた。遠くの空に、微かに稲妻が見え始め、それも、グングンと近づいてきた。

まだ、小屋に帰ってきたパーティはいない。

――みんな、無事に避難してくれよ。

小山は祈った。

雷は三〇分ほど激しく続いたが、その後小康状態になった。雨はまだ降り続いていた。突然、若い男性が山荘に飛び込んできて、全身を震わせて叫んだ。

「救助をお願いします！　登山者がひとり、落雷にやられて重傷です！」

「！　状態は?!」

「すぐ近くの木に落雷して……そのせいで体が燃えて焦げたみたいに……」

「！」

最後まで聞かず、小山は食堂の隅に置いてある箱形の無線機に走った。

「稜ヶ岳山荘からアルプス航空。登山道で落雷事故発生。男性一名、重傷あるいは重体の可能性。至急救助お願いします、どうぞ」

「アルプス航空、吉沢。あいにく松本空港も雷雨がひどく、しばらく飛べそうにない。どうぞ」

「天気回復次第、至急救助願います、どうぞ」

「吉沢、了解」

その間、永井は冷静に質問を続けていた。

「現場はどこ？　怪我人はひとりか？　他の登山者は無事か？」

「はい。あとの五人は無事です。でも皆、恐がって動けなくなっています」

怪我人がひとりなら、小山と永井で運搬可能だ。現場の詳しい場所をガイドから聞くと、小山と永井は、雨合羽と救命用具が入ったザックを摑んで山道へと飛び出した。

雨脚はなかなか衰えなかった。目を開けているのがやっとなほどの豪雨だ。雷は小休止していたが、それでも小山は二次災害を避けるため、尾根道を避けるルートをとった。登山道は、雨で非常に滑りやすくなっている。下手な場所で転倒すれば、自分の命に関わる可能性もあった。それでも小山は、身をかがめるようにして先を急いだ。

山荘から、一〇分ほど走った。「この辺りだぞ」と、背後から永井が言う。小山は足を止めた。と、その時、登山道から少し逸れた岩陰から、男性の叫ぶ声が聞こえた。

「ここでーす！　助けて下さーい！」

行ってみると、五十代くらいの登山者が四人、木から少し離れたところにうずくまって落雷を避けていた。皆、カッパを着ているものの、ずぶ濡れで歯をガチガチさせている。寒さばかりでなく、恐怖で震えているように見えた。

「あの人を助けて下さい！」

と、そのうちのひとりの男性が奥を指さす。見ると、黄色いヤッケを着、旅行代理店の腕章をつけた男性が、倒れている登山者に心臓マッサージをしているのが見えた。登山者は白髪まじりの男性で、着ているヤッケの右肩の辺りに焼け焦げたような穴、右足の登山靴も、指先を中心にまるで爆発を起こしたかのように破れている。そして、辺りには、何かが焼け焦げたような臭いが漂っていた。年配の女性が泣きながら、倒れている登山者に「お父さん！　しっかりして！」と何度も呼びかけている。男性の妻だろう。

——これは助からない……

それが、小山の第一印象だった。雷撃による死亡率は実はそれほど高くない。しかし、救命出来るのは落雷のあとすぐに救命処置をし、その後、迅速に適切な治療が出来た場合だけだ。ここでは、たとえ蘇生したとしても、その後の治療が出来ないので、厳しい。数年前、落雷で亡くなった登山者のことを小山は思い出した。あの時も、山荘までは患者を運べたが、その後、為すすべもなく死亡させてしまった。また、あの時と同じ思いをするのか——小山は絶望的な気分になった。

「お父さん、起きて！　お父さん！」

妻は、まだ必死に呼びかけている。ガイドは、心肺蘇生の経験があまりないのか、自信なげに、男性の胸の辺りを軽く押している。

「どいてくれ。オレがやる」

小山はそう言って、頼りないガイドに代わって男性の傍に座った。仰向けに寝ている男の顎を持って気道が確保されていることを確認する。口に自分の耳を近づけて息があるか確かめたが、呼吸をしている気配はなかった。

「さっきまでは、手を持ったら脈もあったんです。でもだんだんとそれが弱くなって……」

泣きながら男の妻が説明した。さっきまで脈があったのなら、蘇生のチャンスはあるかもしれない。かなり厳しい状態だが、せっかく来た以上は、出来る限りのことをしよう。手のひらの付け根を男の胸に置き、もう片方の手も添えて、しっかりと一定のリズムで押す。永井が傍で「一、二、三、四……」とカウントを始めた。一五まで数えると、小山は人工呼吸を二回行い、それから再び心臓マッサージに戻る。それを、一心不乱に何度も繰り返した。

永井が男の首に手を触れ、頸動脈をチェックする。

「おい！　脈が戻ってきてるぞ！」

小山は更にマッサージを続けた。「うう」という呻き声とともに、男の息も戻ってきた。妻が歓喜の声をあげた。

「よし！　山荘に運ぼう！」

更に永井は言った。

そうだ。せっかく息が戻ったのだ。運ぶなら今だ。だが、戻っても先がない。医者がいない。治療手段がほとんどない。そして、一度、希望の光を見た分、男や男の妻の失望の闇も深くなる。オレたちは、助けられると思ってこの男を山小屋に連れていくのではない。それが、仕事であり義務だから連れていくのだ。

小山は男をおぶった。それを永井が更に支えた。

「この人、大丈夫ですよね？　助かりますよね？」

妻が聞いてきた。小山は答えなかった。大丈夫とは、口が裂けても言えない。山小屋の中なら雨風はしのげる。それだけだ。男はまだ意識が戻ったわけではない。そして山小屋まで戻っても、一度心停止に陥った男に対して、出来る治療は何もない。そこに医者はいないのだ。

「まずは頑張って山荘に運びましょう」

小山の代わりに、永井が答えた。質問の答えには全くなっていないが、妻はそれでも頷いた。先ほど歩いた悪路の登山道を戻る。雨が一段と強くなった。小山の疲労はピークに達し、歩くスピードもかなり落ち始めた。助からないとわかっている人間の重さは、助かるかもしれない人間より数倍重い。

と、その時だった。

「小山さん！　小山さんでしょう！」

やたらと明るい声が前方から飛んできた。

「？」

登山道の先に、巨大なザックのついた背負子を背負った若い男が立っている。どこかで見たことのある顔だ。

「……!!　花村さん、あんた、ここで何してるの？」

「何って……約束通り、恩返しに来たんですよ」

土砂降りの中、花村はさわやかな笑顔でそう言った。

「え？」

「ぼく、前向きに考えるって言ったじゃないですか！　だからこうして来たんですよ。指導教授の許可を取ったり、協力してくれる先生探しとかで随分時間はかかってしまったけど」

「……」

夢でも見ているのかと、小山は思った。花村は、小山の背中の男に目をやると、

「患者さんですか?」

と訊いてきた。

「ああ。落雷事故で。しばらくして一度心停止になったんだけど、蘇生でなんとか盛り返したんだ」

「三〇分ほど前の落雷ですか。直後には心拍があったんですね……わかりました。じゃあ、そこの木の下でぼくが診ましょう」

「え? この雨の中で?」

「だって、その人、一刻を争いますよ?」

「!」

小山と永井は、花村から言われた通りに、大きな木の下、なるべく雨を被らない場所に男を寝かせた。そして、パーティ全員の雨合羽で即席の屋根を花村と男の上に作った。

「落雷は右肩から右足への側撃ですね。直後じゃなく遅れての心停止なので、呼吸停止による低酸素性の心停止だと思います。えーっと、患者さんのお名前は?」

花村は落ち着いていた。

「杉沢です。先生、よろしくお願いします！」

妻が上ずった声で言う。

「杉沢さん、わかりますか？　聞こえますか？」

そう言いながら花村は、持参した酸素ボンベにマスクをつなぎ、杉沢の顔に装着した。そして、巨大なザックから血圧計、聴診器などを取り出した。

「ぼくもあれから山の事故や病気について随分、勉強しました。そして考えられるだけの薬品や器材を準備してきたんですよ。そしたらこんなにザックが大きくなっちゃって。あはははは」

そう小山に向かって笑い、手早く杉沢の血圧を測った。そして、少し難しい顔をしたかと思うと、

「ああ、これとこれと……これ」

と言って、点滴の袋や何本かのアンプル、注射器などを取り出し、

「落雷事故に多い体液や電解質の異常、低酸素状態を補正します。そうすれば、たとえ今日中にヘリが来なくても、かなりの時間、患者さんは持ちこたえられますよ！」

と、また笑顔を見せた。

「先生。じゃあ、この人は大丈夫なんですか？　助かるんですか？」

気がつくと、小山は、先ほど杉沢の妻が小山にしたのと同じ質問をしていた。

「もちろん助かりますよ。ぼくは、そのために、ここまで登ってきたんですから……って、医者が断言なんかしちゃいけないんですけどね、あははは」

手際よく点滴の準備をしながら花村は答えた。

――助かる？　この男が助かる？

そう思った瞬間、小山の目から、ボロボロと涙がこぼれた。

「よろしくお願いします！　花村先生！」

小山は泣きながら、花村に頭を下げた。

「やだなあ、先生だなんて。小山さんはぼくの命の恩人ですよ？　花村！　って呼び捨てにして下さい」

言いながら、花村は杉沢の脈拍を確認し、もう一度血圧を測定した。

「――よし。ここで出来る応急の手当てはすべて出来ました」

「え？　もう？」

花村は笑顔でうなずいた。そして、

「続きは小屋でやりましょう。ぼくがこの点滴を持ちます。小山さん、永井さん、おひとりはこの酸素ボンベのついた背負子を、おひとりはもう一度、杉沢さんを背負って頂いていいですか?」

と訊いてきた。

「はい!」

小山と永井は同時に返事をした。

——もう二度と、この山で人を死なせずに済むかもしれない……

そんな希望が、小山の心の中で膨らみ始めていた。

花村は立ち上がり、そして、力強く言った。

「さあ。稜ヶ岳山荘に帰りましょう」

第二章

1

一九九二年（平成四年）夏――。

真夜中の明慶大学病院の救急処置室に、二〇歳の男性がストレッチャーに乗せられて運ばれて来た。救急隊員がひとり、ストレッチャーの上で男に馬乗りになり、懸命に心臓マッサージを続けていた。

その日、たまたま当直医だった若手医師の倉木《くらき》泰典《やすのり》は、ぎこちない手つきで、その若い男の首に触れた。

脈はない。

男はガンズ・アンド・ローゼズの黒いTシャツを着ていた。薔薇の花に囲まれたドクロが口から血を流している絵が、大きくプリントされている。ハードロックなどほとんど聴かない倉木でも、そのバンドが最近かなり流行っているらしいことは知っていた。ドクロの口が、地獄への入り口のように見える。

倉木は、救急隊員からマッサージを引き継いだ。若い男の胸に居座る、ドクロの顔面を両手で小刻みに押しながら、看護婦に、「除細動準備して!」と指示を飛ばした。バイクで走行中、後ろの車に追突されて、バイクごと路肩に弾き飛ばされたという。頭部からのおびただしい出血のあとが、衝撃の凄まじさを物語っている。右足が不自然に外側に折れ曲がり、ジーンズも、流行のエアジョーダンの白いスニーカーも、右足だけ血で真っ赤に染まっている。

看護婦がTシャツにハサミを入れ、ドクロを真っぷたつに切り離す。男の華奢な胸板が露になった。倉木は除細動器のパドルにペーストをつけると、男の胸に押し当て、放電ボタンを押した。電気ショックを受けた体が、ベッドの上で波打つ。だが、心電図モニターの波形はフラットなままだ。

電圧を上げる。

心臓は動かない。

倉木は再び心臓マッサージを試みた。

が、やはり、男の体に反応はない。

傍にいたふたりの看護婦が、ふっと小さく息をつく姿が目の端に入った。もう後は死亡宣告をするだけだと思ったのだ。だが、倉木はマッサージを止める気になれなかった。

「倉木先生、もう十分だよ」

隣のベッドで、違う患者の処置にあたっていた先輩医師が、髪を振り乱してマッサージを続けている倉木に、わざわざ声をかけてきた。それでも、倉木は手を止められなかった。「もう少しだけ……」と言って救急蘇生を続けた。目の前の男性が助かる可能性がほぼないことは、倉木にもわかっていた。が、それでも倉木は、背中に汗じみを作りながら、ひたすら蘇生を試み続けた。

「倉木先生！　もう十分だって言ってるんだよ！」

先輩医師が声を荒らげた。

と、その時だった。

ピッという電子音が一瞬響いた。

「?!」

辺りにいた看護婦や医師は、全員、まさかという目で、男のベッドの傍らにある心電図モニターを凝視した。フラットだった波形の中に、ひとつだけ小さな山が描かれていた。

「がんばれ！　もう少しだ！　こっちに戻ってこい！」

倉木は、より力を込めて、若い男の胸部を押し続けた。

ピッ……

そう弱々しく一度。

ピッ……

また一度。

周りの看護婦らが、ハッとして顔を上げる。もしかして、奇跡が起こるのか？　倉木は、更に男の胸を押し続ける。きっと戻る。このまま呼吸が戻る。そう信じて。

だが、電子音は続かなかった。

希望を持たせるだけ持たせて、だが、それきり、心拍は戻ってこなかった。

「倉木くん！」

背後から冷たい声がした。振り向くと、倉木の、いわば上司にあたる、医局教授・大川進《おおかわすすむ》が、険しい表情をして立っていた。いつの間にか、救急処置室に来ていたらしい。

「もうやめたまえ、倉木くん」

「……」

「やめろと言っているのが聞こえないのか？」

「……」

大川の声には、微かな怒気が含まれていて、それが辺りのスタッフたちを凍り付かせた。医局において、教授は絶対の存在である。倉木も、心臓マッサージの手を止めた。そして、男性の瞳孔に光を当て、対光反射がないことを確認した。腕時計を見る。そして、医師としての、敗北の言葉を口にする。

「午前一時二二分…ご臨終です……」

隣にいた看護婦が、その時間をメモした。

「倉木くん。明日の朝、当直が明けたら私の部屋まで来たまえ」

大川はそう命令をすると、体を翻し、救急処置室から出て行った。

倉木は、息絶えてしまった若い男の顔をじっと見た。それから、

「この人、何てお名前ですか？」

と尋ねた。しかし、答えはなかった。その場にいる誰も、彼の名前を知らなかった。

翌朝、倉木は日勤の医師に引き継ぎを済ませ、大川の部屋に向かった。

「倉木です。失礼致します」

そう言って中に入ると、大川は、整然と片づけられた自分のデスクで、書類に目を通しているところだった。

「夕べは随分、蘇生をがんばっていたようだね」

書類から目も上げずに大川は言った。

「……でも、結局、患者を死なせてしまいました。悔しいです」

倉木がそう答えると、大川は、バサリと書類をデスクに置いた。そして、

「君は、自分のミスに気づいているのかな?」

と倉木の目を見て訊いてきた。

「え? ミス、ですか?」

「倉木くん、救急には一晩で何人の患者が来る?」

「……八〇人は来ているかと……」

「その患者を、何床のベッドで、何人の医者が診てるんだ?」

「八床のベッドで、研修医も含めると、三人の医師で診ています」

「その通りだ。ではなぜ君は、この環境で、平気であういう個人プレーをするの

だ?」

「こ、個人プレーですか?」

そんな意識は欠片もなかった。心外だった。だが、大川は、倉木の心情を忖度《そんたく》するつもりは全くなさそうだった。

「君は、あの患者の心肺蘇生に何分かけた?」

「……トータルで、三〇分くらいだったと思います」

「三〇分もあれば、もっと多くの患者を診られたんじゃないのかね?」

「しかし、あの患者は極めて危険な状態で——」

大川は、右手を挙げて倉木を遮った。

「五分でひとりの患者を診るとしたら、三〇分で六人診られることになる。だが君は、その三〇分をたったひとりの患者のためにすべて費やした。そうだよね?」

「……はい」

「君は、チーフの葛西先生からも、救急蘇生を中止するように言われたのに、無視したそうじゃないか」

「……私はただ、やれるだけのことをやろうと思いまして」

「ほら。それが個人プレーだよ、倉木くん」

「しかし、ほんのわずかでも可能性があるのなら、納得のいくまで治療をすべきではないでしょうか」

大きな声を出してしまわぬよう注意しながら、それでもやや声を上ずらせて倉木は抗議した。

「倉木くん。私は、きちんとした統計データをもとに発言している」

「……」

「あのケースだと、一〇〇〇回のうち助かる人間はひとり以下だ。現に、昨夜の患者も助からなかった。にもかかわらず、君がこれからも奇跡を追い求め、毎回、あのような患者の救急蘇生に三〇分もかけていたら、その影響で、必要な治療が受けられずに命を落とす患者も出る」

「……」

「目の前にいる患者だけが、患者ではないことを知れ。諦めるということも、医師には必要な見識なんだ。昨夜のケースでは、蘇生は八分まで。それでダメな時は、速やかに次の患者にベッドを譲るように」

「……」

「わかったかね?」

「……」

納得はいかなかった。同じ責められるのなら、せめて、患者の命を救えなかったという事実を責めてほしかった。しかし大川は、「治療に時間をかけすぎた」と叱責しているのである。救えなかった命の話ではなく、「効率」の話をしているのである。だが、大学病院で、医局の教授に逆らって生きて行くことは出来ない。倉木はぐっと湧き上がる感情を抑えつけ、

「はい。申し訳ありませんでした……」

と頭を下げた。大川は無表情に、

「うん。わかってくれればいいんだ。用件はそれだけだ」

と言うと、読みかけの書類に目を戻した。

倉木はもう一度頭を下げると、教授室を退出した。

腕時計を見ると、午前九時からの外来診療まで、まだ少し時間があった。

倉木は、朝食を兼ねた休憩をとろうと、外に出ることにした。当直明けでも、夕方五時まではしっかりと診療があるのだ。

普段は病院内の売店でパンを買って、医局で簡単に済ませるのだが、今日は外の空

気を吸いたかった。このままでは、どうしようもない虚無感に、いつまでも苛まれそうに思えた。

白衣を脱ぎ、ベージュのチノパンに白いポロシャツ姿になった倉木は、ポケベルと財布とシステム手帳が入ったセカンドバッグを小脇に抱え、正面玄関に向かった。一階のエントランスホールそばにある待合室には、診療開始時刻まで一時間はあるというのに、すでに数十人の患者が座っていた。

小学校低学年ぐらいの男の子が、灰色の小さなゲームボーイに夢中になっている。隣に座っている若い母親は、ロビーのテレビを眺めている。ちょうどバルセロナオリンピックの速報をやっていて、水泳で金メダルをとったまだ中学生の女子選手が、「今まで生きてた中で一番幸せです……」と涙ながらに語っているのが繰り返し映っていた。

――今まで生きてた中で一番幸せ……

そんな風に言える日が、いつか自分にも来るのだろうか。

外は蒸していた。徒歩三分のオフィス街の通りに、ファスト・フードのハンバーガー・ショップが見えたのでそこに入った。ハンバーガーとコーヒーとサラダのモーニングセットを食べながら、倉木は、先ほどの大川との会話を思い返した。

——君がこれからも奇跡を追い求め、毎回、あのような患者の救急蘇生に三〇分もかけていたら、その影響で、必要な治療が受けられずに命を落とす患者も出る。

——目の前にいる患者だけが、患者ではないことを知れ。諦めるということも、医師には必要な見識なんだ。


自分は、医師という仕事を少し誤解していたのかもしれない。そう倉木は思った。きっと、大川は正しく、自分は目先のことにばかり一喜一憂する駆け出しだ。でも……大川の教える理想の医師の仕事に、倉木は心躍るものを感じられなかった。

と、いきなり、横に座っていた中年男性から、

「君、倉木先生だよね？」

と声をかけられた。

「え？」

慌てて、きちんと横の男性を見た。ザックも衣服も見るからに登山帰りという風情のその小柄な男は、よく見ると、胸部外科の花村という教授だった。専門が違うので、医局で見かけはしても、話をしたことはなかった。

「聞いたよ。昨日、心臓マッサージ、随分頑張ったそうじゃないか」

汗と土埃のまじった薄汚れた顔で、花村はにっこりと笑った。

「でも、結果的には命を救うことは出来ませんでした。周りにも迷惑をかけました」

ぎこちなく、倉木は答えた。

「何を言ってるんだ。最後まで諦めずに粘った君の姿勢は、立派だよ。お疲れさん」

花村は、ポンポンと倉木の肩を叩き、そして、店を出ていった。

嬉しいという気持ちは湧かなかった。しばらく、ペーパーカップに入ったコーヒーをちびちびと飲んだ。

不味かった。

三〇分ほどそうした後、その不味いコーヒーを半分以上残して、倉木は重い腰を上げた。気持ちはすっきりしないままだった。


それから一週間。

倉木は大川に言われた通り、効率優先の治療を心がけた。

多くの患者を診られるように、ひとりひとりにはなるべく時間をかけないよう、機械的に患者の診療をするようにした。結果、患者との会話が必要最低限に減ったし、治療の結果に一喜一憂することもなくなった。勤務を終え、ひとり暮らしのマンションに帰ってきても、いつもの陽気な自分が戻ってこなくなった。何ひとつやる気が起こらず、休日は丸一日ベッドで寝て過ごした。

更に一週間。

医師としての日々に、何の情熱も感じられなくなっていることに、倉木は気づいた。世界が灰色に見える。

——医者、辞めたいな。

一日に何度も、同じことを考えた。まめに掃除をしていた倉木の部屋は、徐々に乱雑になり、ほこりの塊がふわふわと浮くような有様になった。髪や服装に無頓着になり、風呂に入る回数も減った。

「おい。それって、鬱じゃないのか?」

そう言って心配してくれたのは、同期の沢口哲夫《さわぐちてつお》だった。「大川教授に叱責されて以来、倉木がひどく落ち込んでいる」という噂を聞きつけ、自宅に電話をしてきてくれたのだ。

「別に、大丈夫だ」

倉木は覇気のない声で答えた。

「その声のどこが大丈夫なんだ」

「……」

「おーい。聞こえてるか?」

「……ああ」

「おまえ、思った以上に重症だな。よし。今度の日曜は、久しぶりに一緒に出かけようぜ。朝一〇時に迎えに行くから」

「いや。どこにも行きたくない」

「だめだ。おまえが行きたいところでいいから、とにかく外に行くべきだ。行き先、考えとけよ!」

「本当に、どこにも行きたくないんだ」

「だめだ。麻雀の負け、貸してあるだろう? その支払いだと思って出かけろ」

「……」

「じゃ、日曜日、一〇時にそっちに迎えに行くからな!」

沢口は強引に言いたいことだけ言い、電話を切った。

行きたい場所——しばらくは何も思い付かなかった。が、ベッドに寝て、いつものように天井を見つめた時、ふと、ある場所を思い付いた。

日曜日の昼。頭上に広がる満天の星を見上げながら、沢口がつぶやいた。

「男ふたりでプラネタリウムかよ……」

「おまえがどこでもいいって言ったんじゃないか」

「ああ、言ったさ。でもなぁ、どう考えてもこりゃデートコースだろう。ほら、見てみろよ。周りは見事にカップルだらけだぞ……」

沢口は、落ち着かない様子できょろきょろと周りを見ている。

「いいから静かに見てろよ」

穏やかなクラシック音楽をバックに、落ち着いた声の女性ナレーターが、夏の星座について説明している。天文ファンの倉木にはわかりきった内容ではあったが、それでも、久しぶりの星空——疑似ではあるが——は、彼を少しリラックスさせてくれた。星に興味がない沢口は、大きな欠伸をしたかと思うと、すぐに寝息を立て始めた。前日は当直で一睡もしていないのだ。無理もない。

沢口とは、医学部に入学した年からずっと一緒で、大学院の博士課程を終えたのも同時期だった。卒業後、故郷に帰ったり、他の病院に就職したりと、少しずつ同期が減っていく中、沢口とはかれこれ一五年も一緒にいることになる。沢口は、倉木にとって、同志であり、親友であり、そして良きライバルでもあった。

やがて、プラネタリウムのショーが終わり、倉木と沢口は、カップル主体の客たちに混じってエレベーターに乗り込んだ。

「曲がだめだな」

倉木は言った。

「は?」

「BGMが邪魔だった。星は静寂の中で鑑賞した方が、イマジネーションが膨らむとおれは思うんだ」

「そんなもんか?」

「たとえば、山だ。それも高い山。空気は澄んでいて、しかも余計な音は何ひとつ聞こえない。風の音だけ。世界に存在しているのは、星と風と自分だけ。そういうのが理想的だ。そこまで高い山は行ったことないけど」

沢口ははじめポカンとしていたが、急に真顔になると、

「おい、倉木。おまえに、すっごくいい話があるぞ」

と言い出した。

「実はな、うちの花村教授が、おまえみたいなやつを探してるんだ」

「おれ？」

「山だよ、山！」

「？」

一ヵ月ほど前、朝、ハンバーガー・ショップで声をかけてくれた花村の笑顔をすぐに思い出した。そういえば、あの日、花村は完全に登山仕様の出で立ちだった。

「実は、うちの花村教授はちょっと変わり者でさ。長野の山奥に、登山者のための診療所を運営してるんだ」

「なんだそりゃ」

「よし。詳しいことは飲みながら話そう」

沢口は上機嫌に言うと、真っ昼間から、今、ブームだというもつ鍋屋に向かった。

そして、生ビールを大ジョッキで頼んだ。

「で、その山なんだけどさ。夏の間だけの診療らしいんだけど、花村教授ひとりじゃ当然回らないだろ？　で、自分のところの若手医師に片端から声をかけては、『君、一週間ほど山に行かないか』。みんな、恐怖してるんだ」

「へえ」

「みんなが、医局政治に神経使ってる時に、のんびりした人だよ。出世とか、権力とか、そういうの、全然興味がないんだろうな」

「……そこ、標高はどのくらいなんだ？」

「標高？　ああ。二五〇〇メートルはあるらしいぞ。麓の登山口から、素人だと、一日じゃ辿り着けないこともあるらしいって。そんなん普通は誰も行きたくないよな」

「二五〇〇メートル?!　そりゃ、星はきれいだろうな。森林限界超えてるよ。さっきのプラネタリウムと同じくらい見えるかもしれないぞ」

「ちょうど八月は、ペルセウス座流星群ってのが来るんだろう？　凄いらしいぞ。まるで星が降ってくるみたいらしい」

「詳しいな、おまえ」

「花村教授に一〇〇回誘われたからな。暗記しちゃったよ」

　そう言って沢口は笑った。

「まあ、大川教授と花村教授は水と油だからな。普通は、おまえが花村教授にすり寄ったみたいに思われたらまずいんだろうけど。でも、おまえ、おれと違って、こういうの、好きだろ?」

「まあ、確かに」

もつ鍋の山盛りキャベツを長い箸で何度も押しながら、沢口は言った。

「ここで鬱鬱としてるくらいなら、花村教授に相談してみたらどうだ? 喜ばれるぞ、ものすごく」

「……」

山の診療所での仕事がどんなものか、倉木には想像がつかなかった。ただ、これ以上、大川教授の下で、自分を殺して仕事を続けるのは限界だった。

「そうだね……明日、花村先生、訪ねてみようかな」

そう倉木は言い、ビールをぐいっと呷った。

(どうせ、医者は辞めようと思っているんだ。なら、怖いものなしだ)

そんなことを内心思っていた。

「おう、そうしろ! そうしろ! そうしてくれると、山に行きたくないおれたち心臓外科全員も、おまえに感謝する!」

と沢口は大声で言い、それから、

「よし。煮えたぞ。たっぷり食って元気出そうぜ」

と更に大声で言った。

2

それから、わずか五日後。

よく晴れた金曜日の早朝。倉木は、新品の大きなザックを背負い、真新しい登山靴を履いて、待ち合わせの松本駅の前に立っていた。

少しして、若い女性の声が聞こえた。

「倉木先生ですか？」

声のする方を見ると、使い込んだ赤いザックを背負った女性が、倉木を笑顔で見つめていた。二十代前半。鼻筋がスッと通った美人で、日焼けした肌が印象的だった。

「私、看護婦の平原《ひらはら》あかりと申します。よろしくお願いいたします！」

花村からは、「ちょうど、その日に山に登る平原ってスタッフがいるから、松本駅で合流したらいいよ。君、登山は初心者だろう？　そいつと一緒に登るといい」と言われていただけだった。女性とは、思っていなかった。

あかりは、倉木を、登山道口付近を通るバスの乗り場へと案内してくれた。そこには倉木やあかりと同じように、ザックを背負った登山客の姿が何人も見られた。見知らぬ人たちだったが、「おはようございます」と、皆、にこやかに挨拶をする。それが、登山の世界でのスタンダードのようだった。

松本駅から、稜ヶ岳山荘に続く登山道の入り口まで、約一時間。やがて、登山道口に着くと、あかりの勧めで、まず簡単なストレッチ運動をした。そして、登山は始まった。

「無理のないように、ゆっくり登りますね」

最初にあかりはそう言った。事実、あかりのペースはそんなに速くは感じられなかった。なのに、登山開始から三〇分くらいで、倉木の全身から汗が噴き出し始めた。

木々の青々とした葉。

それが日に照らされて、風にきらめくさま。

耳をかすめるさわやかな風。

優しい小鳥のさえずり。

体力さえ十分にあれば、それらすべてを気持ちよく楽しめたのだろうが、倉木にその余裕はなかった。あっという間に、自分の足元をただ睨み付け、一歩一歩、足を前に進めるだけで精一杯という状態になってしまった。

(これは、大変なところに来てしまったぞ)

動揺が生まれ始める。

そんな倉木の気持ちには、きっと微塵も気づいていないのだろう。あかりは、

「この辺の緩やかな道、私、大好きなんですよね」

などと、楽しそうに語った。

——これが緩やかなら、この先は一体どうなってしまうのか。

中年の花村が何度も登っていると聞いて、なら、まだ三十代の自分も問題なく登れるだろうと高をくくっていたことを、倉木は後悔し始めていた。

あかりは、一定のペースでどんどん登っていく。休憩も短い食事休憩以外はほとんど挟まない。

鬱蒼とした森の獣道。

日差しの強い広大な高原道。

ガレ場。

クサリ場。

進むにつれ、登山道はいくつも、その表情を変える。それらの道を、ひたすら必死に登り続けた。

チングルマの花畑。

日陰のない、尾根の吹きさらし。

急斜面。

また急斜面。

更に、急斜面。


やがて、西の空が黄金色に輝きだし、それが、次第に鮮やかな赤に変わり、更に深い茜色へと姿を変え始めた頃、ようやく、倉木たちの前方に、山荘の赤い屋根が見えてきた。

「倉木先生、あれです！　あれが、稜ヶ岳山荘です！」

登山口出発から、一二時間が経過しようとしていた。疲労困憊で、倉木はろくに言葉を発することも出来なかった。

「先生。ほら。山荘の奥に、もうひとつ、小さな小屋が建ってるの、わかります？」

「え？」

「あれが、私たちが働く診療所です。稜ヶ岳診療所。花村先生が若い頃に、山荘の小山さんって方と一緒に、あれ、建てたんですって。オール手作りの山小屋ですよ」

とはしゃいだ声であかりは言った。玄関と思しきドアに、「稜ヶ岳診療所」と筆で書かれた大きな木製の看板がかかっているのが遠くからでもはっきりと見えた。

（想像以上に小さいな）

そう倉木は思ったが、口に出す元気はなかった。

山小屋から、白い手ぬぐいを頭に巻いた中年男が出て来て、倉木たちに手を振った。花村が「戦友」と呼ぶ、山荘の主人——一〇年前に、ローンを組んで、前のオーナーから山荘を買い取ったそうだ——小山雄一だった。

「良かったねえ、陽が落ちるギリギリ前で。あと三〇分到着が遅かったら、遭難騒ぎだったよ！」

と小山は大声で呼びかけてきた。


その日の夜の食事は、疲労のせいで、あまり進まなかった。倉木と交代で下山する、脳外科の庄司という医師が、やたらと下山を残念がっていたこと。でも、医局の教授の手前（彼も、花村とは別の教授の下にいる男だった）、あまり長期間ここにいると睨まれてしまうのだという愚痴。あと、酔った小山が、繰り返し、花村との劇的な出会いについて語っていたこと。覚えているのはそのくらいだ。

その後、あかりから、高井《たかい》聡志《さとし》という、勉強のために来ている明慶大学医学部の学生を紹介され、そして、診療所の中もざっと説明してもらった。あかり自身は、三年前の夏から、定期的に、この診療所で働いているという。

狭い部屋だった。

医師のデスク。診察用のベッド。薬棚。血圧計。聴診器。救命救急マニュアル。診断学の本。医療器具の煮沸消毒は、小さな流し台のコンロを使う。

そして奥は、スタッフの寝室。医師と看護婦、そして、雑用係の学生（食費と宿泊費が無料なだけで、アルバイト代は出ない）が、男女関係なく、ここで雑魚寝をして暮らすのだ。ちなみに、風呂はない。

薬品棚の中身をきちんとチェックすべきだと思ったが、その日の倉木に、そこまでの気力と体力は残っていなかった。

山荘の夜は早い。

夜八時過ぎから、登山客は次々に就寝していった。

漆黒の闇が、山荘をぐるりと包む。

（素晴らしい星空が見られるかもしれない）

そう思って、就寝前、倉木はわざわざ診療所の外に出て空を見上げてみた。が、いつの間にか分厚い雲が出ていて、空には、何も煌めいていなかった。

3

山小屋は、朝も早い。

翌日、まだ夜が明けていない午前四時頃から、山荘のスタッフは朝食の準備にとりかかっていた。倉木は寝付きが悪く、数時間しか眠れなかったが、それでも皆と同じ時間に起きて、あかりと一緒に診療所の掃除をした。

登山客たちは、午前五時頃から朝食を食べ始め、次々に出発していく。

倉木は、あかりと一緒にずっと診療所に詰めていたが、「昨日貼った湿布を取り替えてほしい」とか、「念のため絆創膏をもらいたい」など、家庭用の救急箱がひとつあれば用が足りる程度の患者しか来なかった。

午前九時を過ぎると、更に暇になった。

あかりは薬の在庫をチェックしたり、日誌をつけたりしているが、倉木にはやることが全くない。

「いつもこんなに暇なんですか？」

っています」
「日中はだいたいこんな感じです。山小屋の人たちも、この時間はお昼寝タイムにな
「へえ」
東京は、今、どんな感じだろうか。
予約の患者と、初診の急患がごちゃ混ぜになり、ロビーには人が溢れているだろう。
一時間以上待たされている人たちのイライラが、建物中に満ちているだろう。そして、
オートメーション工場の、ベルトコンベア係のような気分で、今日も若手医師たちが、
時計を気にしながらひとりでも多くの患者を捌こうと奮闘しているだろう。

午後になると、小山が「食堂でコーヒーでもどうですか」と誘いに来てくれた。診療所にいてもやることがないので、留守番をあかりと高井に任せることにした。

「どう？　山の診療所は」

コーヒーをサイフォンで淹れながら、小山は訊いてきた。

「そうですね。患者さんがほとんどいないので、逆に、ちょっと落ち着かないです。何ていうか、長閑《のどか》すぎるっていうか……」

そう正直に答えると、小山は口を開けて笑い、

「いいじゃないですか。何事もなく長閑っていうのが、一番なわけだから」

と言った。まさに、その通りだ。医者のやることがひとつもない日常こそ、実は理想なのだ。医者と刑事は、日々、よくないことが起きるのを前提とした職業だ。

「でもね、倉木先生。現実はそんなに長閑じゃないよ。登山者の数は毎年増えている。遭難者の数も、毎年増えている。登山用具や、ウェアの性能は格段に上がっているのに、それでも、山で命を落とす人の数は減らないんだ」

「はい……」

「あー。たとえば、ああいうの」

小山が、立ち上がり、窓の外を見ながら言った。

倉木も、つられて一緒に外を見た。男女一〇人くらいのパーティが、山荘に向かって歩いてくるのが見える。四、五十代くらいが中心のようだが、二十代の若い女性もひとり混じっている。

「ガイドが、ひとりしかいないだろ」

小山は言った。先頭を歩いている、小旗をザックに付けている男がガイドのようだった。

「最近多いんだ。ああいう、ガイドがひとりだけっていうパーティが」

「ひとりじゃだめなんですか？」

「ひとりだけだと、万が一の事故の時、対応しきれないだろう？　怪我人に付いていてる人。助けを呼ぶ人。最低ふたりは要る」

「……」

「たとえば、登山途中に、誰か気分が悪くなったとする。ガイドがひとりじゃどうする？　ダウンした人に付き添って、他の人たちには勝手に先に行ってくれと言うのかい？　あるいは、ダウンした人を見捨てる？」

「……」

「な。困るだろう」

「じゃあ、どうして、ガイドひとりのパーティが増えてるんですか？」

倉木は尋ねた。

「金さ」

寂しそうに小山は答えた。

「人件費を削れば、利益はその分増える。あるいは、ツアー代を値下げ出来て、その分、客を集めやすくなる。それだけさ」

「……」

「そりゃ、金は大事だ。ある程度は必要だよ。でも、命には代えられないだろ、ってオレは思うんだけどね」

ため息をひとつつき、それから小山はコーヒーを飲み干した。

「オレ、出迎え行ってくるから、先生はゆっくりしててよ」

そう言って、食堂から出ていった。

ひとり残っていてもしょうがないので、倉木は診療所に戻ることにした。交代で、今度はあかりと高井に休憩を取ってもらおう。


その患者が来たのは、登山客たちが夕食を終え、もう少ししたら、今度はスタッフたちの夕食が始まる、夜八時頃だった。最後まで残っていた倉木が、診療所の玄関の戸を閉めていると、若い女性がひとり、きょろきょろしながらやってきた。

トレーナーにパンツ姿。背が高く、足も細い。ストレートの長い髪に控え目な黒いカチューシャで前髪を上げていて、形の整った眉が露になっている。こんな高山ではなく、都会のファッションショーが似合いそうな外見だった。

「あの……診療所のお医者さんですか」

「はい。どうされました?」

「実は、何だか少しだけ風邪っぽい感じで……念のため風邪薬をもらっておこうかなと思ったんですけど……もう終わりですか？」

「いえ。大丈夫ですよ。診療時間とか、そういうのは特にないらしいので」

倉木はそう言うと、閉めた鍵を再び開けて、女性を中に招き入れた。

「すみません……」と謝りながら、女性は椅子に座った。問診票を渡すと、女性はきれいな字で「佐藤朋子《さとうともこ》」と書いた。

「熱、測ってもらえますか」

と言って、倉木は朋子に体温計を渡した。朋子は繰り返し、「たぶん大丈夫なんですけど」「風邪ってわざわざ言うほどの感じでもないんですけど」などと言葉を連ねた。

倉木が具体的な症状を聞くと、

「全然大丈夫なんですけど、喉が少し痛いような……あと、ちょっと体がだるくて……でも、たぶん、ただの登山の疲れですよね。私、山、登るの初めてなので」

と言った。登山初心者と聞いて、倉木は少しだけ朋子に親近感を持った。

喉は確かに少し赤かったが、熱は三六度四分で平熱だった。

「確かに、喉は少し赤いですね。今晩は暖かくして、しっかり体を休めて下さい」

「はい」

「念のため、風邪薬を出しておきますね。アレルギーはありますか？」

「ないです。全然大丈夫です」

倉木は、一般的な総合感冒薬を選び、朋子に渡した。

「食後にこれを一錠飲んで下さい。明日の朝、具合が更に悪くなってしまったら、また来て下さい」

「はい」

「では、お大事に」

朋子は、パッと安心した顔になり、「ありがとうございました」と微笑み、診療所を出ていった。かわいい女性に笑顔を向けられ、倉木も少し、楽しい気持ちになった。


翌朝、倉木は山荘の前に立って、小山と一緒に、出かけていく登山客を見送った。空気はひんやりとしていて、ややガスがかかっている。そんな中、登山者たちは、深呼吸をしたり、ストレッチをして、出発に備えている。彼らの大半は、これから、日本アルプスの名峰の頂を目指すのだ。誰もが、明るい顔をしている。これといって体調が悪そうな顔は見当たらない。

倉木は、出発前の記念写真撮影の手伝いもした。

ふたりのガイドがついた八人のパーティ。ふたりだけの年輩夫婦のパーティ。単独山行の男性。大学の山岳部。登山客は、年齢も、性別も、皆、さまざまだ。

昨日窓から見た、若い男性ガイドひとりが率いる一〇人のパーティもいた。その中に佐藤朋子の姿もあった。朋子は倉木に気がつくとわざわざ駆け寄ってきて、

「夕べはありがとうございました。もう全然大丈夫です」

と頭を下げた。

「よかったです。気をつけて行って来て下さいね」

と倉木も笑顔で言った。朋子も微笑むと、倉木に小さく手を振り、パーティに戻っていった。元気に登山道を去っていく朋子の姿を見送りながら、

(大川教授がここにいたら、今の笑顔のやり取りも、やはり怒られるのだろうな)

と倉木はふと思った。

登山客を全員出発させてから、スタッフの朝食は始まる。今朝のメニューは、野菜たっぷりカレーだった。じゃがいもやにんじんがごろごろと大きめに切って入れられている。温め直すだけで何度も食べられるので、煮崩れないよう大きめに切っているのだと、小山が説明してくれた。

「まあ、手抜き、とも言うけれど」

と山荘で働いている井上という若者が混ぜっ返し、それをみんなが笑った。井上というのはまだ二〇歳の若者で、二年前から夏はここ稜ヶ岳山荘でアルバイトをしているという。明るくてひょうきんなムードメーカーだ。人見知りということを全くしない。

「そういえば、倉木先生」

その井上が訊いてきた。

「今朝、ツアーのお客さんたち、見送ったじゃないですか。なんかあったんですか?」

「え。なんかって?」

「またまた。そうやってとぼけて。すっごく仲良さそうだったじゃないですか。『夕べはありがとうございました』とかなんとか言っちゃって」

「ああ」

「ああ、じゃないですよ。あんなにかわいい子、山じゃ滅多にお目にかかれないんですよ? おれ、どうやったら友達になれるかなーって考えてたら、いきなり倉木先生が手を出してて――」

井上は、言いながら、オーバーに嘆きのポーズを取ってみせた。

「いや、違う違う。夕べ、ただ、診察したってだけだよ」

倉木は苦笑いをしながら答えた。と、その瞬間、あかりが驚いた顔で倉木を見た。

「え？」

予期せぬ反応に、倉木も驚いた。

「先生、夕べ、誰か診察したんですか？」

あかりが訊いてきた。

「はい。平原さんが診療所を出た後に、ひとり来たんです。簡単な診察だったので、ぼくひとりで診ました」

「……彼女、具合が悪かったんですか？」

「少し風邪っぽいっていうだけですよ。ちょっと喉が赤かったので、一応、風邪薬を出しました」

急にあかりが声を荒らげた。

「ちょっと待って下さい。それだけの処置で、先生は患者を、今朝、そのまま行かせたんですか？」

なぜ、急に、こんな詰問のような雰囲気になったのか、倉木には、訳がわからなかった。風邪薬の処方の何がいけないのか。

「本当に、単なる軽い風邪程度でしたよ。それが何か？」

そう言い返すと、あかりは大きく首を横に振り、それから、

「倉木先生。その患者さん、昨日、ここに来るまではどうだったと言ってました？」

と訊いてきた。

「どうって……？」

「他の方たちと同じペースで歩けていたんでしょうか？」

「え……」

「それに、患者さんはどこを通ってここまで来たんですか？　麓から登ってきたばかりなのか、数日前から山に入っていて、すでにある程度の高度に患者さんの体は慣れているのか。そもそもこの高さの山に来るのが初めてなのか、それとも経験者なのか……そういうことを聞いてるんです。もし山の初心者なら、風邪だけではないこともありますから」

「ちょっと喉が赤かっただけですよ？」

「倉木先生！　ここは標高二五〇〇メートルの、そして彼女が目指しているのは三〇〇〇メートル近い山なんですよ？」

「！」

「倉木先生、山をなめていませんか？」

あかりの顔に、怒りで赤みが差している。倉木は、もう何も言い返せなかった。

「たとえ、ただの風邪だとしても、山の気候は急変しやすいし、にわか雨や強風で、体力はあっという間に奪われます。町では単なる風邪で済んでも、ここでは命に関わる事故につながることもあるんです。だからこそ、医者は——いえ、山の医療に携わる者全員、そうしたことすべてを考慮して、慎重に診察すべきなんです」

「……」

「そして、少しでもリスクがあると判断したら、山荘で休ませるか、下山のアドバイスをすべきです」

「……」

食堂中が、重たい空気になった。それは、あかりのせいではない。自分の医師としての心構えが安易だったからだ。

「すみません……自分が軽率だったかもしれません……」

倉木はスプーンを置き、その場にいる全員に詫びた。

「まあ、もう、彼女は出発しちまったんだ。彼女の無事を祈りつつ、おれたちは朝飯を食って、で、自分たちの仕事をしよう」

そう言って、小山がこの話題を終わらせた。それから倉木は黙々と残りのカレーを食べ、そして、あかり、高井と一緒に診療所に戻った。

「さっきは、少し言葉が過ぎました。すみませんでした」

診療所に入ると、あかりが謝ってきた。

「いや、いいんだ。平原さんは正しいことを言ってたと思います」

そう、倉木は答えた。

「佐藤さんからはもっと話を聞くべきだった。ぼくが安易でした」

まだ学生の高井は、居心地悪そうに、ただ黙っている。

「……おそらくは、なにごともない可能性の方が高いかもしれません。こういうケースが五回あったら、そのうち四回は――いや、一〇回のうち九回は大丈夫かもしれません。でも運悪く、残りの一回になった場合、いきなり、命に関わることになるのが、山の怖さなんですよね」

「……」

倉木は窓から見える、壮大な山々に目をやった。あかりは、奥の座敷の棚から古びた段ボール箱を運んで来た。

「この診療所の日誌です。よかったら参考にどうぞ」

そう言って、箱から、古びた大学ノートを何冊か取り出した。古い順に開いてみると、最初の方は、ほとんど花村の文字ばかりが並んでいたが、やがて、医師の交替制がうまく導入されたとみえて、いろいろな医師の字が現れてきた。ほとんどは軽傷の患者の記録だったが、中にはページいっぱいに、重傷患者の状況が書かれている日もある。ヘリが間に合わず、亡くなってしまったことが記されているページもいくつかあった。

（長閑だなんて、どんだけ甘いことをおれは言っていたんだ）

倉木は己を恥じた。もっともっと、あらかじめ勉強しておくべきだった。診療所の日誌には、風邪気味なだけだと思った患者が、実は高山病で、後に重症化したという症例も載っていた。唐突に、東京で自分の両手の下で死んだ、若い男のことを思い出した。ドクロの絵。二回は戻って来たのに、結局それきり動かなかった彼の心臓。

それから二時間が経ち、そして三時間が経った。朋子たちのパーティが目指している水笠岳の山頂付近を窓から何度も眺めた。時計の針が正午を過ぎたあたりから、急速にガスが出始める。それを倉木は、不安な気持ちで見つめていた。

「佐藤さんたち、もうそろそろ山頂ですかね……」

倉木の質問に、あかりは、

「あと、一時間くらいだと思います」

と答えた。山頂まで行ったら、同じ道を引き返して、今夜もまた稜ヶ岳山荘に朋子たちは泊まる。そして、明日、下山。倉木はそう小山から教えてもらっていた。

(早く帰ってきてくれ)

そう念じながら、倉木は遠く水笠岳の頂を見つめ続けた。

そして、また一時間が経ち、二時間が経った。

遠くから、若い男性がひとり、必死に走ってくるのが見えた。朋子のツアーについていた、若いガイドだ。

「平原さん！　ガイドが走ってきた！」

倉木が叫ぶと、あかりも窓の側に駆け寄り、外を凝視した。

「平原さん……どうしてガイドだけなんですか？」

「何かあったんだと思います」

ガイドは山荘の方に駆け込んだ。倉木とあかり、高井も、急いで山荘に向かった。

玄関を入ってすぐのところで、そのガイドはハアハアと息を切らしながら、

「佐藤さんは？　佐藤……さんは？」

とうわごとのように繰り返していた。

小山がコップ一杯の水を持ってきた。

「これ飲んで、そして落ち着いてちゃんと話せ！」

ガイドは小山に差し出された水を一気に飲むと、改めて話し出した。

「佐藤さん——佐藤朋子さんは、こちらに戻ってませんか？」

「は？　戻ってないよ。なんであんたがそんなこと聞くんだよ！　佐藤さんって、あんたのツアーに参加して水笠岳に登りに行ったんだろうが！」

小山はガイドに容赦なくつっかかった。と、ガイドはそのままうなだれるように俯いてしまった。嫌な予感が、倉木の背中を這い上がってきた。

「ガイドさん、佐藤さんとどうしてはぐれたんですか?!」

倉木が訊く。

「実は、お昼頃、急に、佐藤さんの体調が悪くなってしゃがみ込んでしまったんです」

「！」

「少し休憩させて、水を飲ませたりしてみたんですが、全然よくならなくて。でも、他の人たちは、山頂にとにかく登りたいわけですから、佐藤さんひとりのために引き返すわけにもいかないですし。そしたら佐藤さんが、〝自分はここで待ってるから、皆さん、山頂まで行ってきて下さい〃って……」

「おい！　それで彼女を放置したのか?!」

小山が怒鳴った。

「一番体力のない人間に合わせるのは、山の常識だろう！」

ガイドは半泣きで言い訳をした。

「でも、俺はちゃんと言ったんです。三時間で戻ってくるから、絶対にここを動かないで下さいねって！　そこから動かなければ、全然危険なんかなかったんだ！　なのに……」

「なのに？」

「なのに、山頂から戻ってきたら、いないんです。それで、もしかしたら、体調が回復して自力でここまで下山したのかと——」

「バカ野郎！」

小山が、ガイドの胸ぐらをつかんだ。

「ろくに捜しもしないで下りてきやがったのか！　おまえ、それでもガイドか！」

今にもガイドを殴ってしまいそうな小山を、あかりが止めた。

「小山さん。あと三時間半です！」

「！」

「今は誰かを責めている場合じゃないです。日没まであと三時間半。暗くなってしまえば捜索は出来ません。今見つけてあげないと彼女……」

小山も、倉木も、井上も、高井も、山荘のアルバイトも、その場にいた全員が、佐藤朋子の遭難死の確率の高さに慄然としていた。

「場所を教えろ」

小山は怒鳴った。

「あんたが佐藤朋子さんを置き去りにした場所を、早く教えろって言ってるんだ！」

ガイドは、震えながら立ち上がる。井上が持ってきた地図を食堂のテーブルに広げ、ガイドはある地点を指さした。

「こ、この辺りです……」

「ここだと、行くだけで一時間かかるぞ……」

小山は唸った。が、すぐに気を取り直し、

「全員で捜索に行くぞ！　あ。倉木先生以外。先生は、診療所で待機をお願いします」

と言った。

「あの……おれにも行かせて下さい！」

倉木は叫んだ。あかりが即座に返答した。

「先生は、山を知りません。体力もありません。足手まといになる可能性の方が高いと思います」

だが、そう言われても、倉木は引き下がらなかった。

「行かせてくれ。行きたいんだ！　頼む‼」

言い合いをしている時間はなかった。小山が、しょうがない、という顔をして地図に目をやる。

「それじゃあ、倉木先生は平原さんと組んで東の尾根を。オレと井上は、西。そして、バイトの大沼と阿部は高井くんと一緒に、南の沢の方に佐藤さんが降りてないか確認。二次遭難は絶対に起こさない。いいな」

一同、「はい！」と返事をすると、一斉に外に飛び出した。

あかりはまず、一度診療所に戻ると、サブザックと呼ばれる小型ザックを「これ、背負って下さい」と倉木に投げてきた。中に、水と雨具とヘッドライト、それに最低限の救急用具が入っている。こういう時にすぐに山に出られるよう、あらかじめ準備されていたようだ。あかり自身は、救助の時のために中身をほとんど出してスカスカにした通常のザックを背負った。そしてふたりは出発した。

少しガスがかかっている登山道を、あかりの後について、ストックをつきながら歩く。たちまち、足が筋肉痛を思い出し始めたが、気合いで無視。こんなところでへこたれるわけにはいかない。あかりの足手まといになるわけにはいかない。佐藤朋子が体調不良でパーティから離脱したのは、前夜の自分の診察が不十分だったからだ。

やがて、あかりが立ち止まった。

「佐藤さーん！　佐藤朋子さーん！　いたら返事をして下さーい！」

大声をあげたが、返事はない。

「佐藤さーん！　佐藤さーん！」

倉木も声を出す。と、すぐにあかりから、

「呼ぶだけじゃなく、その後、きちんと耳もすまして下さい」

と注意された。

「耳？」

「返事を出来ないくらい衰弱している可能性もあります。もしそうだったら、彼女の気配や微かな物音を、私たちが気づいてあげるしかないでしょう?」

その通りだった。自分たちが今捜しているのは、病人なのだ。倉木はあかりのアドバイスに従い、大声で二度呼んだ後、慎重に辺りの物音に耳を傾けた。遠く、別の場所からも、朋子を呼ぶ声が聞こえる。小山たちだ。

時間が無情に過ぎていく。太陽はだいぶ傾き始めている。日が暮れてしまえば、漆黒の闇となり、山荘へ帰る道も見えなくなるに違いない。

前方の草むらで、ガサッという音がした。倉木は、期待を胸に、その草むらに飛び込んだ。と、木陰からライチョウが飛び出してきた。なんと紛らわしい。歯ぎしりをしながら元の登山道に戻ろうとして、ふと気がついた。ライチョウがいたあたりの地面に何かが落ちている。崖のすぐ手前。真っ赤な筒。拾って見た。水筒だった。

「平原さん！　これ！」

倉木はすぐにあかりを呼んだ。水筒にあまり汚れはついていない。落としてから、さほど時間が経っているようには見えなかった。

「佐藤さんのかもしれない！」

水筒の中には、水がまだ多めに残っていた。ということは、朋子は今頃、どこかで喉が渇いたまま動けずにいるのだろうか。倉木とあかりは、その水筒が落ちていた先の崖から、這うようにして下を覗き込んだ。

「佐藤さーん！　佐藤朋子さーん！」

そのままの姿勢で、また大声を出す。そして、耳をすまそうとした時、三メートルほど崖下の、棚のような場所にある岩陰から、人の足らしきものが見えているのに気がついた。

「あ！」

岩にとりつき、斜面を降りる。滑落したら一大事だが、自分の身の危険は忘れていた。下に降りて駆け寄ると、岩陰で朋子が仰向けに倒れていた。目をつぶったまま動かない。顔に無数のすり傷。そして、右手の周りは地面が赤黒く血の色に染まっている。

「佐藤さん、聞こえますか？　佐藤さん！」

倉木は、朋子の耳元で呼びかけた。が、反応はない。呼吸は……している。左手首に……脈拍もよく触れる。頭頸部を強く打撲した所見もない。脳の損傷というよりは、滑落と手の外傷による精神的ショックからの一時的な意識障害だろうか——あかりはトランシーバーをポケットから出し、朋子の発見と、搬送のために応援が必要なことを簡潔に伝えた。その間に、倉木はポケットから自分のハンカチを取り出し、止血のために朋子の右手を縛った。

「とにかく、運びましょう、先生。早くしないと日が暮れてしまいます」

あかりの言葉に頷き、倉木はそれを、意識のない朋子の耳元でもう一度言い直す。

「佐藤さん！　今から山荘に帰りますよ！　もう少しだけ、頑張りましょう！」

そして、サブザックをあかりに渡し、朋子を背負おうとした。

「待って！　今、応援を呼びましたから！　倉木先生だけでは無理です！」

「応援は、あとどれくらいで来ます？」

「……おそらく、三〇分くらいで……」

「そんなに待てません。縛ってはいますが、右手の止血も完全じゃない。早く診療所へ連れて帰らないと。このまま、おれが運びます！」

「でも、倉木先生、ここから彼女を背負って上に登れますか?!　三メートル以上ありますよ？」

唐突に、大川教授の顔が浮かんだ。あと、死んだ若者と、そのドクロのシャツも。

倉木はあかりに答えた。

「登れるかどうかじゃない。とにかく登るんだ！　目の前に、救わなきゃならない命がある時に、おれは確率の話なんかしたくない！」

「でも……」

「平原さん。彼女をおれの背中にきつく縛り付けて下さい。両手がフリーになれば、あとは気合いです」

「……」

あかりは、まだ何か言いたそうではあったが、すぐにザックとストックを使って、手際よく、簡易の背負子《しょいこ》を倉木の背中に取り付けた。

「これで運べば両手は空きます。後は先生、お願いします」

「はい」

倉木は、あかりの手を借りてその背負子に朋子を乗せ、三メートルの崖に取り付いた。人ひとり背負って崖を登るのは、想像以上にきつかった。だが、諦めたら終わりだ。中間地点までは、下からあかりが、全力で倉木を押し上げてくれた。

気がつくと、倉木はあらん限りの声で吠えていた。そして、指先から血を滲ませながら、一歩、また一歩、崖を這い上がった。そして、崖の上に体をなんとか持ち上げると、そのまま休みを取らず、山荘へ戻る道へと向かった。

あかりがすぐに追いついてくる。

「倉木先生。代わります」

と言われたが、一度力を抜いたら、もう、自分が立てない気がした。なので、無言で倉木は朋子を背負い、歩き続けた。

途中、倉木の背中で、突然、朋子が咳込んだ。あかりがすかさず声をかける。

「佐藤さん！　佐藤朋子さん！　わかりますか？」

「……は……い……」

意識が戻ってきた！

「佐藤さん！　もう大丈夫ですよ！　今、稜ヶ岳山荘に向かってますからね！」

あかりが、朋子の左手を握って励ます。

険しい山道を下っていると、「倉木先生！　平原さん！」と前方から声がした。小山、井上、そしてツアー・ガイドの三人だ。

「先生！　ここからはオレに任せてくれ！」

言うより先に、小山は背負子を倉木からむしり取った。その瞬間、倉木は腰が抜け、地面にぺたんと座ってしまった。

「先生。まだ気を抜いちゃだめです」

あかりが、倉木を助け起こしながら言った。

「傷を洗浄して、止血しなければいけません。さあ、小山さんたちより先に、診療所に戻って準備をしましょう」

その通りだった。医者としての仕事が、まだ、ほぼ丸々残っているのだ。

倉木はあかりの手を借りて立ち上がると、よろよろと再び歩き始めた。

診療所に着くと、倉木は、あかりと小山と一緒に、朋子を診療用のベッドに寝かせた。そして、大きく三度、深呼吸をし、少しでも冷静さを取り戻そうと努めた。

「ルートを確保。ラクテック。創《きず》を洗浄するから生食五〇〇にピンク針を付けて」

「はい」

あかりが素早く動く。高井が戻ってきた。すかさず、追加の指示を出す。

「膿盆と鑷子《せつし》。一〇枚ガーゼ。急いで！」

「はい」

戻ってきたばかりの高井だが、瞬時に事態を把握したらしく、余計な質問をせずに、彼もまた機敏に動いた。

「あと、なるべく佐藤さんの体を温めてください。体力の消耗が激しいから。おれは止血を――」

そう言いながら、創を洗い始めた倉木は、ある重大な事実に気がついた。

「？　どうしました？」

「腱が切れてる……」

倉木は、血液が流され、創が明らかとなった朋子の手を見ながら言った。

「示指の屈筋腱が切れている……」

「え。示指の腱って、切れたら……指が曲がらなくなるんじゃ……」

あかりが言い終わらないうちに、倉木が言った。

「平原さん、ヘリの要請を！」

「はい」

あかりは急いで山荘に走っていった。腱をつなぐには、設備の整った手術室でのオペが必要だ。たとえば無影灯。たとえば、手元を拡大するルーペ。たとえば、万が一に備えた輸血用血液。きちんと管理された麻酔システム。あかりは、すぐに小山と戻ってきた。

「穂岳で大きな事故があって、ヘリは今、出払ってるそうだ！」

小山は、険しい顔で言った。

「え……」

倉木は思わず、あかりの顔を見た。あかりも、無言で倉木の顔を見た。倉木は医学生の高井の顔も見た。高井は、緊張とおびえと、しかし、半人前の自分と違ってすでに一人前の医師である倉木ならこの場をなんとかしてくれるのではないかという期待の入り混じった表情で、倉木を見つめていた。

　大川なら何と言うだろうか。

「止血だけして、あとはヘリを待て」

　たぶん、そう言うだろう。

「設備のない診療所で、無理なオペをして、後遺症が残ったらどうするんだ。明慶大学病院の責任になってしまうんだぞ」

　こうも言うだろう。そして、

「諦めるということも、医師には必要な見識なんだ」

と。

「先生」

　手の止まった倉木に向かって、小山が声をかけた。

「ここから半径一〇キロ以内に、医者はあんたしかいない。助けは、明日まで来ない。だから、あんたが決断するんだ。ここにいる全員、みんなが、あんたの指示に従うから」

「……」

迷っている暇がないのはわかっていた。

「わかりました。では今から、腱の縫合手術をします」

倉木はおごそかに宣言した。

「明朝まで放置するくらいなら、今すぐここで縫合した方がいい」

それから倉木は、診察室の蛍光灯に目をやった。

「小山さん。患部を強く照らす灯りがないと、細かな手術は無理です。この山荘にある懐中電灯を、ありったけ持って来て下さいませんか」

「わかった！」

小山はすぐに飛び出して行った。

朋子はあいかわらず苦しそうに顔をしかめて横たわっている。窓の外では、陽がだいぶ傾いている。もうすぐ、美しい夕焼けが始まるだろう。

小山は、井上と一緒に、手にいっぱいの懐中電灯を持って戻ってきた。

「これで全部だ！」

「皆で手分けをして、患部を照らして下さい！」

倉木は叫んだ。小山、井上、高井、それぞれが両手にふたつずつ懐中電灯を持ち、上から、横から、懸命に朋子の右手患部を照らそうと試みた。

——愕然とした。

照度が全然足りない。

大学病院のオペ室の無影灯に慣れている身には、部屋の蛍光灯プラス懐中電灯六本の照明では暗すぎた。

朋子が痛みで呻いた。

どうすれば彼女を救えるのか。方法はないのか。

また耳元で、大川の声がした。

「諦めるということも、医師には必要な見識なんだ」

その声を振り払おうと、倉木は頭を振った。窓の外の景色が目に入った。夕刻特有の、黄金色の陽の光が、皮肉なほど美しかった。

「……」

倉木は、目を細めてその光を見た。

「……夕日だ！」

「え？」

一同が倉木を見る。

「夕日で手術が出来るかもしれない！」

窓辺に駆け寄る。そして、斜めに差し込むその光線に、倉木は自分の手をかざしてみた。十分だ。少なくとも、懐中電灯の明かりより、はるかに可能性はある。

「ベッドを動かします。そして、この光の中に入るように、患者さんの手を持ち上げて下さい！」

「はい」

高井が、ベッドの脚に駆け寄る。それを見て、反対側の脚をすぐに井上が持った。

「でも倉木先生。今は明るいけど、夕日なんてすぐ落ちますよ」

あかりが不安げに尋ねる。

「確かに、この光は、一〇分くらいしか続かないな」

と小山が言った。しかし倉木は迷わなかった。

「佐藤さんの患部は開放創ですが、幸い汚染は酷くありません。鋭的に切れたようで、今なら両断端ともそこに見えている。時間が経つほど、腱が短縮して一次的に縫えなくなってしまうことを考えれば、今、絶対にチャレンジすべきです！」

そして、誰の返事も待たずに、倉木は滅菌手袋をはめ、スタンバイの姿勢を取った。

ベッドが動かされ、黄金色の光の中に、佐藤朋子の右手が持ち上げられた。

「少し術野を広げてから縫合します。メス！」

倉木の凜とした声に、あかりは「はい」とメスを渡す動作で答えた。

患者名：佐藤朋子。二六歳。
軽度の高山病。脱水。
崖から滑落して、右手示指の屈筋腱を切離。
当、診療所で、腱の縫合手術を行う。
執刀医、倉木泰典。
手術時間、およそ一一分。
成功。
その後、点滴と保温で体力の回復をはかり、翌朝、ヘリにて松本市の総合病院に搬送。
命に別状無し。

追伸。倉木先生の機転と、患者を諦めない強い意志に、器械出しをしながら涙が出そうになった。
今日のオペを、私は一生忘れないと思う。　　平原あかり

一九九二年八月二九日。稜ヶ岳山荘診療所・診察日誌。

第三章

1

「だから！　命に関わる人間がふたりいるんです！」

速水《はやみ》圭吾《けいご》の怒鳴り声が辺りに響き渡った。

「左下腿骨を開放骨折した四二歳男性は出血が止まりません！　もう一名は三五歳女性、肺水腫が疑われます！　ヘリでの搬送を大至急お願いします！」

「速水くん、そっちの天気は？」

松本のヘリポートにいる倉木が衛星電話の向こうから訊いてくる。倉木は、速水の勤める明慶大学病院の教授であり、この稜ヶ岳山荘診療所行きを速水に頼んだ人物でもある。

二〇一二年（平成二四年）、夏。

ずぶ濡れの速水の頭から、ポタポタと水が間断なく床に垂れ落ちている。激しい風雨が窓を打ち、ガタガタと激しい音をたてている。

「土砂降りですよ。風も強い。暴風雨です」

「いいか、速水くん。悪天候ではヘリは飛べない。そして、山頂の天候はこっちではわからない。ヘリが着陸出来るくらい天候が回復したら連絡をくれ。至急向かう」

「そんな悠長なこと言ってられません！　このままだと、どちらも危険なんです！」

速水は喚いた。

「いいか、速水くん、落ち着いて聞いてくれ。今日の日没は七時五分だ。日没後はもうヘリは飛べない。だから、それまでに天候が回復したとしても、今日中にはひとりしか搬送出来ないかもしれない」

「えっ！　患者はふたりだって言ってるじゃないですか！」

「ヘリは小型機が一機しかないんだ。どちらかひとりしか乗せられない」

「そんな！」

「ぼくはこっちで患者の受け入れをするから山へは行けない。患者ふたりを直接見ている医者は君だけだ。だから、速水くん、どちらの患者を先に運ぶかは君が判断するんだ！」

「そんな――」

　そこに、医学生の木野《きの》憲太《けんた》がずぶ濡れになって飛び込んできた。

「速水先生！　患者さんの容態がどんどん悪化してきてます！」

「！」

　速水は電話を乱暴に切った。

「くそっ！　何のための救急ヘリなんだ！」

　そう毒づきながら山荘を出ると、速水は、バケツをひっくり返したような雨の中、隣の診療所まで走った。

　患者の状態をもう一度確かめる。男性患者――岡村忠志《おかむらただし》――は、左の膝下に包帯を何重にも巻いているが、そこにもすでに血がにじんできている。足の先やベッドのシーツはもう真っ赤だ。もうひとりの医学生である村田《むらた》佳秀《よしひで》が、その出血の多さに怯みながらも、必死で岡村の左足の傷口を包帯の上から押さえている。

　その隣に寝ている女性患者――高橋恵《たかはしめぐみ》――の呼吸は一段と苦しそうだ。おそらくは肺水腫だと思うが、ろくな検査機器のないこの診療所で断定は出来ない。

「高橋さん、聞こえますか？」

看護師の小山遥《おやまはるか》が、恵に顔を近づけ呼びかけているが返事はない。その様子を、心配そうな面持ちで、恵の友人が見ている。

「恵、助かりますよね？　死んだりしませんよね？」

とすがるように何度も同じ言葉を口にしている。

遥は、速水が戻ってきたのを見ると、叫ぶように言った。

「速水先生、高橋さんの酸素飽和度、七〇パーセントです！」

「！」

駆け寄り、恵の指にはさんだ小型のパルスオキシメーターの表示を確認する。

「酸素流量を二リッター上げて」

そばにいた木野が、声を震わせて言う。

「先生、流量って、どこですか？」

そんなことも知らないのかと一瞬呆れてから、すぐに思い直す。木野や村田はまだ学生なのだ。こんな時に、役に立つはずがないのだ。遥がすぐ、「もういいから！」と木野の前に割り込んだ。そして、酸素流量計の目盛りをぐいっと上げた。

「すみません！　血が止まってくれません！」

今度は村田が叫ぶ。恵を診ていた速水が目をやると、岡村の傷口を押さえている村田のゴム手袋が、包帯ににじんできた血で真っ赤に濡れている。岡村は激痛に顔をゆがませ、呻き声をあげている。すぐに遥が、村田を押しのけ、下腿へ向かう動脈の圧迫を始めた。そこに、この稜ヶ岳山荘の主であり、遥の伯父である小山雄一が飛び込んで来た。

「あと三〇分だ！」

「え？」

「オレは四〇年、この山から雲を見てきた。大丈夫。もうすぐ雨はあがる。その後、ガスも徐々に晴れてきて一時間以内にヘリは飛べるようになる！　それまで頑張ってくれ！」

速水は壁の時計を見た。今から一時間後に飛び立っているようでは、日没までに一往復しか出来ない。

「……やはり、どちらかひとりしか搬送出来ないということか」

速水は愕然としてふたりの患者を見た。岡村は、遥が流入動脈を圧迫して止血を試みているものの、下腿に巻かれた包帯は、すでに真っ赤になっている。一方、恵の唇は青紫色になり、あえぐように小さな呼吸をしている。

急に、ぎゅっと腕を摑まれた。恵の友達の景子だ。

「先生！　恵を！　彼女をヘリに乗せてあげて下さい！　彼女、来月、結婚式なんです！　お願いします！　先に彼女を運んであげて下さい！」

景子はポロポロと大粒の涙をこぼして速水をすがるような目で見ている。

「落ち着いて下さい！」

そう言って、景子を近くの椅子に強引に座らせた。

「誰か、酸素ボンベの残り量を確認して！」

と遥が学生たちに指示を飛ばす。

「あと一時間……そして、どちらかひとり……」

速水は途方に暮れていた。

「速水先生。酸素三リッターで、サ、サチュレーション（酸素飽和度）は七五パーセントしかありません」

木野が声を震わせる。危険だ。サチュレーションは、平地なら一〇〇パーセント近いのが普通だ。いくら二五〇〇メートルの高地とはいえ、九〇パーセントを切るとは思えない。これ以上下がれば、命を失いかねない。しかし、岡村の出血も、止まる気配がない――

「無理だ……決められるわけがない……」

速水は小さく呟いた。何を、どう考えればいいのかすらわからなくなっていた。瀕死の患者がふたり。ヘリに乗せられるのはひとり。どちらの命を優先するにしても、選ばれなかったもうひとりは自分が殺すも同然だ……

その時、遥がぐっと速水の顔を睨み、

「あなた、医者でしょ！　今、医者はあなたしかいないのよ！　医者なら決断しなさいよ！」

と叫んだ。そして、止血をもう一度村田に任せると、速水の目の前に来て、彼にだけ聞こえるよう小声で言った。

「ふたりとも、死なせる気ですか？」

「！」

どうしてだ……どうしてこんなことになってしまったんだ……

ついこの前までは、自分は、誰もが認めるエリート医師だったのに。明慶大学病院という、誰もが知っている東京の大病院。その心臓外科で、「若きエース」と呼ばれていたのだ。

ほんの一週間前にも、ＥＲで、不安定狭心症で緊急搬送されてきた男性を鮮やかなオペで救い、病院中の喝采を得たばかりだ。

「あなたは運がいい。実は大日本メディカル社の最新鋭機器を購入したばかりなんです」

そう患者の耳元で囁きながら、心が躍った。その大日本メディカル社の医療機器に、開発段階から速水はアドバイザリー・スタッフとして参加していたのだ。目も、手指も、医師の肉体のみでは限界がある。高度先進医療機器の開発は、一〇年後の世界の医療を変える可能性を秘めた、たいへんやりがいのあるプロジェクトだ。

そうだ。

あの手術の後、自分は大学内のカフェテリアでコーヒーを飲んだ。大きな手術を成功させた後のコーヒーの味は格別なものだからだ。

その時、ポンと誰かに肩を叩かれた。振り返ると、消化器外科の教授である倉木が立っている。健康的に日焼けした顔。きれいに並んだ白い歯。若々しい白衣姿は、とてもじゃないが五十代には見えない。倉木は、自分のコーヒーをテーブルに置くと、何の断りもなく速水の前の席に座った。

「さっきのオペ、モニターで見てたけど、見事だったよ。いっそう腕をあげたね、速水くん」

「ありがとうございます。でも、今回のオペの成功は、あの、大日本メディカル社とうちの大学が共同開発をした順応型人工心肺のおかげです」

「いやいや。いくら医療機器が最新でも、使う医者がぼんくらでは役に立たん。君のお手柄だよ」

「ありがとうございます」

もう一度、頭を下げた。医局の教授から誉められるのには慣れていたが、もちろん、嫌な気はしない。

と、倉木は突然、ぐいっと身を乗り出してきた。

「ところで速水くん。君に頼みたいことがあるんだが」

「は。なんでしょうか……」

「一週間、山の診療所に行ってきてほしいんだ」

「え？　ぼくがですか？」

一瞬、倉木が冗談を言っているのかと思った。が、倉木は、ポケットから畳んだ紙を出して広げて見せた。そこには「稜ヶ岳診療所医師シフト表」と書いてあった。

「ここからここまでの一週間がね、どうしても見つからないんだ。頼むよ。ああ、このことは、君の直属の上司である沢口先生に先に話して許可は取ってある」

「は？」

「ちなみに、君の前に山にいるのはぼくだ。だから、交代の時にもう一度山荘で会えるよ」

「ちょっと待って下さい！」

思わず大きな声を出してしまった。

「自分は、来週、弓部大動脈瘤の手術を予定しています。そこでも、大日本メディカル社の順応型人工心肺を使用し、学会で発表するための貴重なデータを――」

まくしたてる速水を遮るように、倉木は右手を挙げた。

「その手術は、別の誰かに執刀させると沢口先生は言っていたよ」

「え……」

「だから、君は心配しなくていい」

「……」

倉木が長年、日本アルプスにある山の診療所に関わっていることは知っていた。医療現場を体験するいい機会だからと言って、毎年、多くの医学生に声をかけて連れて行っていることも知っていた。だが、速水は、山の診療所には何の興味もなかった。

学生の頃ならいざしらず、「若きエース」と言われるようになった今、そんな話が自分に持ちかけられるとは夢にも思っていなかった。しかも、それを上司である沢口があっさり認めたというのもショックだった。沢口と倉木は同期で親友同士とは聞いていたが、だからといって、大事な手術を他人に回し、おまえは山に行けというのはあんまりだ。いや、違う。これはきっと何かの間違いだ。そうに決まっている。

「すみません。沢口先生に確認させて下さい」

そう答え、速水はその足で沢口の教授室に向かった。が、何もかも倉木が言っていた通りだった。

「ほんの一週間だ。倉木に貸しを作るつもりで行ってこい」

そう沢口に言われ、速水は従うしかなかった。


その日の夜、自宅に帰った速水は、母の悦子《えつこ》に渋々、山の診療所行きの話をした。

悦子は、

「あら。お仕事で山に登れるなんて素敵ね」

速水のワイシャツにせっせとアイロンを当てながら、そんな暢気な返事をしてきた。

「素敵でも何でもないよ。それより、例の人間ドックだけど、手配しておいた日にちが、ちょうどおれの山行とダブってるんだ。だから母さん、おれがいなくても、忘れずにひとりで行ってくれよ」

「はいはい。大丈夫ですよ。それより、お風呂沸かしてあるわよ。ご飯の前に入ったら？」

「ん……」

悦子が先月受けた健康診断の結果に、「要・精密検査」という項目があり、速水はずっと気がかりだった。それで、「検査なんていいわよ」という悦子を説得し、再検査の予約をした。それも、どうせ精密検査を受けるなら、この機会に明慶大学病院で最も検査項目の多い、二泊三日コースの人間ドックを受けたらどうかと提案して。悦子はずっと、

「ちょっと高血圧だったからって、心配しすぎよ。人間ドックだなんて贅沢よ」

と笑って取り合わなかったが、それも、

「人間ドックなんて、今は当たり前だよ。金がなくて納得のいく治療を受けられずに親父が死んで、悔しい思いをしたんだ。母さんの健康のためなら、おれはいくら出したっていいね」

と真面目に説得したのだった。

速水の父が病死したのは、彼がまだ九歳の時。思えば、速水が医者になったのは、父の治療にあたってくれた医師たちの献身的な姿に憧れたからだ。そして、その速水の夢を叶えさせようと、悦子は、昼も夜もパートに出て、生活費や塾の費用を稼ぎ、女手ひとつで速水を医大にまで進学させてくれた。その苦労は計り知れないものだったと思う。医者になって五年。ようやく経済的な余裕は出てきた。悦子への親孝行はこれからなのだ。

——大事な手術を他人に取られ、母親の人間ドックにも付き合えず、か……

速水は、突然回ってきた山の診療所行きの話を、心の中で呪った。

2

「無理だ……決められるわけがない……」

速水が小さく呟く声が聞こえてしまった。遥は、思わず速水の顔を睨みつけ、

「あなた、医者でしょ！　今、医者はあなたしかいないのよ！　医者なら決断しなさいよ！」

と叫んでしまった。速水の表情が固まる。怯えているように見える。見覚えのある顔

だ。目の前の命をどう助けるかより、後々、自分の責任を追及されないためにはどういう行動を取るべきか必死に考えている人間の顔だ。

「村田くん。岡村さんの止血をお願い。ここを両手の指でしっかりと圧迫して」

そう言って、遥は立ち上がった。そして、つかつかと速水の目の前まで歩き、彼にだけ聞こえるよう小声で言った。

「ふたりとも、死なせる気ですか？」

「！」

強い雨が、窓を激しく叩いている。あの日も、今日と同じ、強い雨だった。速水を責めながら、遥は内心、（自分に、彼を責める資格はあるだろうか）と思わずにはいられなかった。

山荘のベテラン・スタッフの井上が、ビニールにくるんだ衛星電話を片手に飛び込んできた。

「倉木先生から電話です！　もう一度、速水先生と話したいって！」

速水が、出ようとした。が、それより早く、遥は横から電話機をひったくった。

「倉木先生！　都会の大病院の先生には、今、ここを乗り切る判断は無理です！　このままだとひとりも搬送出来なくなります！　判断は倉木先生がお願いします！」

電話の向こうで、倉木が一瞬、黙り込んだ。が、すぐに、

「わかった。患者の容態を詳しく説明してくれ」

と言ってきた。

「はい。肺水腫の女性の酸素飽和度は、酸素三リッターで、七五パーセントです。……はい、酸素ボンベは今使っているものの他に、五〇〇リッターのが三本ありますけど……。……開放骨折の男性のバイタルは、血圧九二の六〇、脈拍八八ですが、この一時間については、ほとんど変動はありません。止血は……膝下動脈のところをとにかく押さえています……残念ながら、完全には止まりません……」

「……」

「……」

「……わかった。肺水腫の女性を先に運ぼう」

倉木の決断は早かった。遥は「わかりました」と言って電話を切り、そして、診療所にいる全員に、明確な口調で、

「まず、高橋さんを運びます！」

と宣言した。それから、すぐに岡村の側に行き、

「岡村さん、すみません。明日の朝、ヘリはまた来ます。だからそれまで頑張って下

さい。ごめんなさい!」

と謝った。岡村は、うつろな目を、ただ、ゆらゆらと中空にさまよわせているだけで、遥の言葉を理解出来ているかどうかはわからなかった。


速水は、ただ、無言で立っていた。


やがて、伯父の小山の言う通り雨は上がり、そして遠方の空から、ヘリのプロペラの音が聞こえてきた。その音は、あっという間に爆音となって近づいてくる。

遥が立ち上がり、恵を乗せたベッドに手をかけ、

「木野くん、手伝って!　村田くんは止血を頑張って!」

と叫んだ。少し離れたところで見ていた井上も手を貸しに来た。


速水は、やはり、無言で立っていた。


「イチ、ニのサン!」

かけ声とともに恵を担架に乗せ替え、外へ運び出す。出口付近に速水が立ったまま

なので、遥は思わず、

「邪魔！」

と乱暴に言ってしまった。速水は慌ててよけた。


辺りの湿った土や小石や小枝などを爆音とともに吹き飛ばしながら、救助用ヘリコプターは診療所から少し離れた空き地に着陸した。「アルプス航空」と、胴体部分に鮮やかにペイントされている。ヘリを誘導しに出ていた小山やバイトの手を借り、遥は高橋恵を機内に運び込んだ。

「どうぞよろしくお願いします！」

吉沢和人《よしざわかずと》というヘリ・パイロットが無愛想に頷く。親子二代で、ここ日本アルプスの空を飛び回っているのだと、以前、伯父から聞いたことがある。恵を乗せたヘリは、慌ただしくまた爆音とともに飛び立った。患者の容態が一分一秒を争うことを、吉沢もわかっているのだ。

急いで診療所内に取って返す。まだ、あの無能な東京の医師は呆然と突っ立ったままだろうか。きっとそうだろう。そんなことを苛立ちながら思っていた。だが、中に戻ると、岡村の膝窩動脈を必死に押さえているのが、村田から速水に代わっていた。

何か自分に出来ることはないか、彼なりに必死に考えたのか。いや、ただ単に、何もせずに立っているだけでは東京の大病院のエリートとして恰好がつかないと思っただけかもしれない。

「高橋さん、無事、ヘリで松本に向かいました」

遥が速水に報告する。と、その時、それまで意識朦朧としていた岡村が、うっすらと目を開けた。

「……せんせ、い」

「はい」

速水が答えた。

「先生……私は、死ぬ……んでしょうか?」

ぽつり、ぽつりとした口調で岡村が尋ねる。

「まさか……そんな……骨折くらいで死ぬわけないじゃないですか……」

速水はそう答えたが、その口調は弱々しかった。

そうだ。その「まさか」が有り得るのが山なのだ。都会でなら、何ということのない怪我でも、山では人は命を落とすことがあるのだ。

輸血は出来ない。

低分子デキストランもない。

標高二五〇〇メートルのこの陸の孤島で、私たちは、この人を救うために何をしたらいいのだろうか。ただ、むざむざと手をこまねいて、あの日のように命を救えずに終わるのだろうか。

＊

「こちら救急です。患者は五歳男児。交通事故で頭部に外傷があります」

救急隊員の電話越しの声が、あれからずっと耳の奥で響いている。埼玉にある野村総合病院のＥＲ。緊急電話を受けたのが遥だった。受け入れの可否を尋ねる前に、当直の医師が、

「無理だ！　もう手一杯だ！」

と怒鳴った。医師は、別の交通事故患者の、三〇センチちかい巨大な裂傷と闘っていた。

「でも重症の五歳児です！　すでに他所の救急、三件断られたそうです。うちはまだベッドが一つ空いてるじゃないですか！」

遥も怒鳴った。

「ベッドが空いていても医者がいない！」

「でも応急処置くらいなら――」

「バカ野郎！　それでなにかあったらどうやって責任とるんだ！」

医師が、オペの手を止め、有無を言わせぬ口調で言った。

「おれたちはスーパーマンじゃない。すべての人を助けられるわけじゃないんだ！」

「……」

「うちでは受け入れは無理だ。さっさとその電話を切って仕事に戻れ」

「……」

その五歳児は、その後、更にふたつの病院から受け入れを断られ、救急車の中で死んだ。後日、母親は子供の遺影を持ち、受け入れを拒否したすべての病院を回った。遥はその時、進んで母親の応対に出た。そして、

「どうして受け入れてくれなかったんですか！　ここで受け入れてもらえれば、助かったかもしれないのに！」

という母親の嘆きを直に浴びた。

「五年……せっかくこの世に生まれてきたのに、たった五年で……あんまりです

……」

泣き崩れる母親。為す術もなく、ただ立ち尽くす遥。その日、遥は病院に辞表を出した。

病院を辞め、ただ部屋に引きこもっていた遥に、「山の診療所を手伝ってほしい」と伯父から連絡が来たのは、その三週間後のことだ。

山は、子供の頃から好きだった。

だが、それよりも、街から逃げ出したいという気持ちの方が強かった。

最低限の荷物だけ持ち、山に登った。

途中、日陰の全くないチングルマの花畑の前まで来ると、男がひとり、バテて座っていた。遥を見て、

「すみません！　水を少し分けてもらえませんか？」

と頼んでくる。

登るにしても下りるにしても、あと四時間は歩かなければならない場所で、水を持っていない！　どれだけ山をなめた男なのだろうと思った。

「わかってます？　あなた、もう立派な遭難者ですよ？」

「はい？」

「遭難っていうのは、気象条件の悪化、装備の不備、技術、知識、体力の不足などが原因で、自力で山を下りられないことです。こんなところで水がないって言ってる人は遭難したのと同じです」

　以前、伯父が若い頃、似たような男を登山中に見つけ、とことん説教したという逸話を思い出しながら、遥は言った。予想外の説教だったのだろう。男は肩をすくめ、

「遭難なんてしてません。もういいですよ」

と言った。

「いいんですか？　死にますよ」

「……」

　遥は、ザックからまだ開けていないペットボトルを一本取り出し、ぶっきらぼうに男に差し出した。それが、速水だった。その時はまだ、その男が、自分と同じ稜ヶ岳山荘診療所を目指しているとは知らなかった。最低な出会いだった。山荘で再会した時、嫌な予感しかしなかった。

　そしてその予感が今、現実になっている。

3

山荘に着いて最初の夜。

速水は、雑魚寝の寝苦しさに音を上げ、そっと診療所の外に出た。すると、明日、下山予定の倉木が、懐中電灯片手に、ゴトゴトと何か作業をしている。倉木は速水に気づくと、嬉しそうに手招きしてきた。

「速水くん！　ちょうど今、完成したところなんだ。どう？　恰好いいだろう」

速水は、呼ばれるままに倉木のもとに行った。そこにあったのは、直方体の箱の下に、回転する円盤を取り付けた、不思議な物体だった。

「……すみません、なんですか、これ」

「台だよ、台。望遠鏡の」

「望遠鏡？」

「ドブソニアン望遠鏡って聞いたことない？　それをね、自作しようと思ってるんだけど、望遠鏡っていうのは、筒よりも、実は台の方が大事なんだな。これがぐらぐらだと何にも見えないんだ」

何の話かよくわからなかった。興味も湧かなかった。

「速水くん、君は今まで、何人の患者を見送った？」

唐突に、倉木が訊いてきた。

「え……いえ、幸い、まだひとりも……」

驚きながら、速水は答えた。

「そうか。ぼくは、たくさん見送った」

「……」

「東京でも。そして、この診療所でも」

「……」

「登山で死ぬなんて、自業自得だと言う人もいる。でも、ぼくはそうは思わない。人には、行きたい場所に行く権利がある」

「……」

「日の出とともにぼくは山を下りる。そうしたら、ここから徒歩で八時間圏内にいる医者は君ひとりになる。よろしく頼むよ」

倉木は、じっと速水の目を見て言った。医者は、自分ひとり――思えば、そういう環境に自分の身を置いたことは、一度もなかった。

「はい」

思わず、姿勢を正しながら、速水は返事をした。


翌朝。

さまざまなアラーム音や、着メロの音楽があちこちで一斉に鳴り、速水は飛び起きた。見ると、木野と村田がアラームセットをしたと思われるそれぞれの携帯電話が、小さな光を放ちながら鳴っている。木野のスマートフォンは、画面が大きい分、一段と眩しく光っていた。壁の時計を見ると、まだ午前四時。窓の外は、まだ暗い。それでも、日の出を見ようとしているのか、何人もの登山客が外にいるのが見えた。速水は起き上がり、手早く着替える。そして、出発前に診療に訪れるかもしれない登山客に備え、診療所に待機する。が、その朝、診療所を訪れた患者はいなかった。

登山客の大半は、朝日が昇るか昇らないかのうちに出かけていく。小山や井上、それに山荘のアルバイトたちが「お気をつけて！」「行ってらっしゃい！」などと言って彼らを見送っている。

出発していく登山客の中に、下山する倉木の姿もあった。

登山客たちが皆出発し、朝食の後片付けが終わると、ようやくスタッフたちの朝食の時間となる。食堂の窓からは、朔・穂岳連峰の絶景が一望出来た。うっすらと広がる雲海の上に、まるで浮かんでいるかのようにそびえる、ピラミッドのような朔ヶ岳の雄姿。

「この眺めを楽しんでもらおうと思って、増築した時、食堂を二階に移したんだよ」

と小山が自慢げに語っていた。

「そういえば、電話ってどうなってるんですか？」

速水は小山に尋ねた。悦子の人間ドックの件が気になっていた。あと、自分が執刀するはずだった弓部大動脈瘤の手術の結果も。

「山小屋に衛生電話が一台ありますけど、それは緊急用なんです」

小山が答える。

「一分六〇〇円です」

と井上が付け加えた。

「六〇〇円？」

「高いでしょう。本当の緊急用です。私用の電話は自分の携帯を使うルールになってます。電波、入りにくいですけど」

「あ、そうなんですか」

「尾根まで行けば、見通しもよくて、アンテナも三本ばっちり立ちますよ」

井上が、親指をぐいっと立て、得意そうに言った。

「尾根？」

「はい。ちょっと登るだけで、バリ3です！」

登山客が出払ってしまえば、患者もいない。倉木からの引き継ぎ資料に目を通し、診療所の備品その他を全部チェックしても、午後には時間が出来るだろう。そうしたら、尾根まで電話をかけに行こう。そう速水は思った。


予定していた時間より、一時間早く診療所を出た。仕事は捗《はかど》ったし、それに、小山から「今日は夕立がザッと来そうだよ」と言われたからだ。速水にはわからなかったが、昼頃からそういう雲行きになってきているのだそうだ。

鷹羽岳を正面に見ながら、井上に教えてもらった尾根に登る。井上の口ぶりでは、一〇分かからないくらいの印象だったが、実際にはたっぷり三〇分かかった。電波環境が改善されるのと同時に、速水の携帯電話が、留守番電話メッセージがあることを知らせる着信音を鳴らした。すぐに問い合わせて再生する。

「圭吾？　お母さんです。山はどう？　無事登れたかしら。あ、お母さんは今日、明慶大学病院の人間ドックに来たわよ。なんだか立派な個室を用意されちゃって、びっくり。こんな豪華な部屋、お母さんにはもったいないわよ。でも、これも圭吾のお陰ね。ありがとう。それじゃあ、気をつけてね」

いつもの、マイペースな悦子の喋り方だった。速水は少しホッとした。悦子は病室では携帯を切っているだろう。なので、明慶大学病院の医局に電話を入れようと短縮ダイヤル画面を開いたところで、尾根の下から自分を呼ぶ声が聞こえた。

「速水先生！　速水先生！」

走ってくる男がいる。医学生の村田だ。その顔が緊張でこわばっていた。

「急患です！　すぐに戻って来て下さい！」

「急患⁉」

速水は携帯をポケットにしまうと、急な登山道を、村田と一緒に懸命に下り始めた。途中、ぽつりと顔に水滴が落ちた。空を見上げると、いつの間にか、雨雲がどっと押し寄せてきている。すぐに、強い雨が降り始めた。山の天気は変わりやすいとはいうが、これほどなのかと驚きながら、速水は診療所への道をひたすら下った。

「ズボン、切りますね」

速水が診療所に飛び込むと、ちょうど遥が、男性のズボンの左脚部分をハサミで切ろうとしているところだった。ひどく出血しているのが一目でわかる。患者の脇に立っている医学生の木野が、その出血の多さに怯み、何の手伝いも出来ずに、ただおろおろしている。

「岡村忠志さん、四二歳。崖から滑落して左下腿を開放骨折」

開放骨折――それなら、最小限の応急手当をして救急ヘリを呼ぶしかないな……そう速水はすぐに考えた。ここの設備で、筋肉と皮膚を突き破った状態の骨折を完全に治療することは出来ない。

その時だった。山荘の井上が、女性を肩に担いで飛び込んできた。

「先生！　急患です！」

「え？」

「高橋恵さん。たった今、体調不良で同じパーティの人が連れてきて……」

三十代くらいだろうか。息が荒く、時折、ひどく咳き込んでいる。

「小山さん。彼女を診てあげてください」

そう遥に頼み、自分は、滅菌手袋をはめ、岡村の出血部位の観察を始めた。左の膝下が、縦にぱっくりと裂けたように切れていて、中から折れた骨が痛々しく突出している。

（やはり、ヘリで運搬するしかない……）

「そちらの症状は？」

傷口を診ながら、遥に尋ねると、

「労作時呼吸困難が初発症状ですが、今は空咳にピンク色の喀痰も見られます！」

という答えが返ってきた。良くない答えだ。と、岡村が痛みに耐えかねたように唸りながら身をよじった。

「ペンタジンを一五ミリ、岡村さんに筋注して！」

「ペンタジンはありません！」

「え？　鎮痛剤は何があるの？」

「注射剤はありません。ロキソニンか、カロナールです」

「……じゃあ、ロキソニンを一錠」

「はい。木野くん。先生にロキソニンを一錠」

震えていた木野が、それでもロキソニンだけは引き出しから見つけて持ってきた。それをすぐに岡村に飲ませる。速水は、滅菌ガーゼの袋を開き、中からガーゼを取り

出して、岡村の下腿の創部に当て、

「君！　ここしっかり押さえていて！」

と村田に指示を出した。

「ルートを確保しよう。用意して。それと創部の洗浄の準備も。その間にぼくは高橋さんを診るから」

そう速水が言うと、遥は「はい」と返事をして機敏に準備を始めた。

恵に駆け寄り診察を始める。ぜいぜいとした呼吸音。ほんの短い時間で、症状が進行しているように見える。

「持病はありますか？　特に心臓にこれまで問題は？」

そう速水が聞くと、恵は苦しそうに、

「いえ、何も」

と答えた。

「じゃあ肺炎か？　しかし、労作時呼吸困難……空咳……ピンク色の喀痰……」

すると、岡村の治療に回っていた遥が、速水に言ってきた。

「先生。肺水腫の可能性はないでしょうか？」

「！」

ハッとした。その可能性は大いにある。高山病による肺水腫だ。そして、肺水腫なら、やはり、この診療所では治しきれない。一刻も早く高度を下げるためにヘリで麓に搬送し、大きな病院に運ぶ必要がある。

「とりあえず酸素飽和度を調べて」

懸命に、落ち着いた声を出した。医師の緊張は患者にも伝わる。それは決して望ましいことではない。

遥は「はい」と言って器具を持ってくると、それを恵の人差し指にはさんだ。

「あと、岡村さんは輸血が必要になるかもしれない。とにかく血液型を調べよう」

「先生。ここに、輸血用の血液はありません」

「！　なら、今すぐヘリだ！」

「先生。悪天候ではヘリは飛べません！」

「！　それでも呼ぶしかないだろう！　ここには何もないんだ！　最低限の応急処置すらままならないんだぞ！」

4

「高橋さん、無事、ヘリで松本に向かいました」

そう遥が速水に報告した時、それまで意識朦朧としていた岡村が、うっすらと目を開けた。

「……せんせ、い」

「はい」

「先生……私は、死ぬ……んでしょうか？」

「まさか……そんな……骨折くらいで死ぬわけないじゃないですか……」

速水はそう答えたが、その口調は弱々しかった。

「私が死ねば……それでいいのかもしれません」

「岡村さん？」

「生きてても、うまくいかないことばかり、だし……」

「岡村さん！」

「私が死ねば……保険金も、おりる……」

「！」

岡村の目から、涙が一筋、流れた。

「長年勤めていた会社の…早期退職制度に…応じたんですよ……そうしたら………次の職が…見つからなくて……。家の、ローンもあるし…子供たちにもまだまだ…金がかかるし……それなのに……仕事はなくて……気がついたら、逃げるように山に来ていて……」

遥の胸が微かに痛んだ。

――逃げるように山に来た……一緒だ。自分と。

「私、もしかしたら…、こうなることを望んで…山に来たのかもしれません……」

「岡村さん！　弱気にならないで！」

励まそうとして、あえて速水が大きな声を出した。それでも岡村は、

「……息子に、伝えて下さい……私が謝っていたと……弱い父親で、すまないと、謝っていたと……」

そう声を震わせながら言った。また涙が流れた。その涙に向かって、遥が静かに口を開いた。

「何、バカなこと言ってるんですか……」

「え？」

驚いて、速水が振り返る。でも、言い出したら、遥はもう言葉を止められなかった。

「いい歳して、何、バカなこと言ってるんですか……保険金が、夫の代わりに、父親の代わりになると思ってるんですか？　家族を突然失った時の、残された者の悲しみが、あなたには想像出来ないんですか？」

「小山さん！」

遥を止めようと速水は立ち上がりたそうだった。が、止血をしている手を離せないので、僅かに腰を浮かすことしか出来なかった。遥は、岡村に向かって一歩前進した。

「勝手に、命を諦めないで下さい！　世の中には、生きたいのに、生きられなかった人たちがたくさんいるんです！　お子さんに謝りたいなら、ご自分で謝って下さい！」

自分たちが見殺しにした、あの五歳児の遺影が思い出されてならなかった。その遺影を抱きしめて泣いていた、あの母親の顔が、声が、思い出されてならなかった。

「血液をヘリで運んでもらうわけにはいかないんでしょうか？」

村田がおずおずと訊いてきた。

「残念だけど、そんな簡単なことじゃない。ここではクロスマッチ出来ないからな」

速水が答えた。なら、出来ることはもうひとつしかない。遥は、診療所にいるスタッフ全員に向かって大きな声で言った。

「輸血用血液がない以上、力ずくでいきましょう」

「?」

「創部より膝窩動脈のところを圧迫した方が出血は抑えられます。だから、全員交替で、膝窩動脈のところを圧迫しましょう」

「でも圧迫しても、血は止まってないじゃないですか!」

木野が抗議をするように言う。

「もちろん、完全に止血出来るわけじゃないわ。でも、見てわかるように何もしないよりずっと出血は抑えられている。それに、ここの動脈を長時間、完全に遮断してしまうと、下腿の筋肉が壊死してしまう」

「……」

「ここにいるみんなで交替で圧迫し続けよう! ね? 頑張って夜明けまで粘ろう! 今、私たちに出来るのは、それしかないんだから」

「……」

じっと、速水が遥を見つめていた。どんな言葉で反対されるのか……遥は身構えた。

原始的なやり方である。わかっている。止血だけでは、応急処置として不十分である。わかっている。患者の気力体力の消耗を、その程度のことで防げると思っているのか。だが、そのいずれも、速水は言わなかった。

「木野くんと村田くんは、まだ医者じゃない。おれが、朝までやる」

速水は言った。

「え？」

意外な言葉だった。最後の最後には、他人の命より自分の保身を考える。後で責任を追及されないよう、無難で安全な方法ばかりを考える。速水もそういう医者だろう——そう遥は思っていた。今の言葉は何かの聞き間違いかと思った。だが速水は、

「ここにいる医者はおれだけだ。だから、責任を持っておれがやる。小山さん、あなたは——」

「？　私は？」

「手を……小山さんは、岡村さんの手を握って下さい」

そう言葉を続けた。

「手を？」

「患者さんの名前を呼ぶ。そして手を握る——それが医療の第一歩だと、大学の授業

で倉木先生に教わりました。医療者の手の温もりが、患者さんを勇気づけるんだと」

「……」

「でも、その時は、倉木先生の言葉に何もピンと来なかった。早く国家試験を突破して、早くメスを持って、最新の医療機器に囲まれて思う存分オペがしたい――そんなことしか考えていなかった。それからもずっと。今の今まで」

「……」

「さあ、小山さん。岡村さんの手を」

驚いた。看護師として埼玉のＥＲに勤めて五年。そんな言葉を、同僚の医師たちから聞いたことは一度もなかった。

言われた通り、岡村の手を握った。

「岡村さん、頑張って下さい」

岡村は、それに応えるように、目を開けて、遥を見つめた。

「大丈夫です。岡村さんは絶対に助かります。だから、頑張って下さい」

その様子を、速水は止血しながらじっと見ていた。


それから、九時間半。

その大半の時間を、速水はひとりで止血を続け、遥は岡村の手を握り続けた。木野と村田のふたりも寝ずに朝までふたりの医療者の頑張りを見つめ続けた。夜明けと同時に救急ヘリが来た。岡村をヘリに乗せたのは、木野と村田。そして、小山と井上だった。速水には、もう立ち上がる体力すら残っていなかった。それでも、ヘリが無事に飛び立つところを、這うようにドアまで移動して見届けた。そして、精根尽き果て、気絶するように眠った。

「……先生、お疲れさまでした」

遥は、心から、そう速水に声をかけた。そして、木野と村田に、

「三人で、速水先生を、そっと奥に寝かせてあげましょう」

と言った。

5

「患者さんの名前を呼ぶ。そして手を握る——それが医療の第一歩だと、大学の授業で倉木先生に教わりました。医療者の手の温もりが、患者さんを勇気づけるんだと」

——なぜ、あんなことを言ったのだろう。

昼、起きて最初に思ったのがそのことだった。医大での授業のことなんて、思い出すこともなかったのに。

午後二時。最も診療所が暇な時間に合わせたかのように、倉木から電話がかかってきた。衛星電話ではなく、速水の個人の携帯に、だった。

「お疲れさま。昨日はよく頑張ったね」

それが倉木の第一声だった。

「高橋さんの呼吸状態は安定して、少し笑顔も見られるようになったそうだ。岡村さんも骨折の手術が無事終わり、全身状態も安定している。恐らく、もう、命に関わることはないだろうとのことだ」

「……そうですか」

「なんだ。もっと喜ぶかと思ったのに。どうかしたのか?」

そう倉木に尋ねられ、速水は本音を話すことにした。

「倉木先生。自分は、納得がいきません」

「ん?」

「仮にも診療所と看板を掲げているからには、最低限、X線装置と代用血液は置いておくべきです。そして、ヘリコプターで緊急搬送するまでの間、応急処置が出来る施設としてきちんと体制を整えるべきです。それを考えると最低限の機能は備えたモニターと、あと薬剤ももっと種類が必要です」

「……」

「診療所があると聞けば誰だって、薬があって、医療機器があって、治療をしてもらえると思って来るんです。期待だけ持たせて実は患者に何もしてやれないなんて、詐欺じゃないですか？」

速水は声を大にして言った。直属ではないとはいえ、若手医師が教授に言って許されるレベルは超えている。でも、言わずにはいられなかった。

「速水先生。それは違うよ」

倉木は穏やかな声で応えた。

「患者は医療機器に会いに来るわけじゃない。医者に会いに来るんだ。そして、君は医者だろう？」

「！」

何故だろう。そう倉木に言われて、一瞬、胸がドキリとした。決して納得したわけではないのに、何故か、あたたかいものに包み込まれたかのような気持ちにさせられる。倉木には、そういうところがあった。一〇年以上前の、あの、大学での講義の時から、全然変わらない。

「そうでしょうか……ただ患者を励ましながら救急ヘリを待つだけというのが医療だなんて……」

そう言い返すのが精一杯だった。

「うん。まあ、君の言うこともわからなくはない。そのことは、今度、ゆっくり話そう。実は、今、電話をしたのは別の件なんだ」

倉木は少し言いづらそうな声で言った。

「え……」

嫌な予感が、さっと速水の中を駆け抜けた。

「速水くん。明日の朝一番で、山を下りて、病院まで来てくれ」

と倉木は言った。

「もしかして……母のことですか？」

「……そうだ」


翌日。空が白み始めるとともに、速水は精一杯の速さで下山し、明慶大学病院に急行した。夜遅く、なんとか病院に着いた。大きなザックを背負ったまま医局に顔を出すと、倉木と沢口、ふたりの教授が速水の到着を待っていて、顔を見るなり、

「教授室で話そう」

と言った。そのことが、更に、速水の気持ちを重くさせた。

教授室に入ると、沢口は、院内ネットワーク端末の精細モニターにＣＴ画像を描出させ、速水に見せた。

「これは……腹部大動脈瘤……？」

しかも、かなりの大きさだ。

「今まで症状がなかったのが不思議なくらいだ」

いや、あったのかもしれない。だが、母の悦子は我慢強く、愚痴や弱音を全く言わない性格だった。どんなにつらい時でも、笑顔を絶やさない人だった。

「場所も難しいところだし、血管も屈曲してる。内挿術も困難かもしれない」

沢口が重々しい口調で言った。

「先生。手術はさせて下さい！」

「速水くん……」

「ここには、日本最高の手術機器が揃っています。動脈分岐もありますし、簡単とは

言いませんが、自分は手術したいです。母を治したいです」

「……」

「自分に、手術をさせて下さい」

沢口は横を向くと、

「倉木」

とため息まじりの声で言った。

「うん。ここからは私が説明しよう」

倉木が身を少し乗り出した。

「CTのこのスライスを見てくれ。この後腹膜のところだ」

「これは……」

「動脈瘤が大きいから、どうしてもそちらに目がいってしまうが、よく見ると、後腹膜の厚さに左右差があり、左側のこの部分は腫瘤影と言ってもおかしくはない」

「……」

「お母さんは、軽い腰痛があるとおっしゃっている。沢口は動脈瘤の切迫破裂を考えたようだが、専門分野の違う私に言わせれば、何らかの腫瘍、あるいは腫瘍の腹膜浸潤がここにあり、そのために腰痛があったとも考えられる」

「癌、ということですか」

「いや、それはまだわからない」

「……でも、悪性だと決まったわけでないのなら……いや、仮に悪性であったとしても、切除できる可能性があるのであれば、動脈瘤の手術といっしょに、私に手術をさせて下さい」

沢口は、倉木と顔を見合わせた。

「大丈夫か？　患者が近親者の場合、手術中に冷静さを保てなくなる恐れがあるぞ」

沢口はそう不安を口にした。それでも速水が、

「お願いします。手術中は術野に集中します。後悔したくないんです」

と食い下がると、倉木が、

「なら、最初は私が第一助手を務めよう。CTで見えるこの陰影が我々の杞憂であったなら、その時点で、沢口と助手を交代する。それでいいかな」

と言ってくれた。それを聞いて、沢口も渋々頷いた。

「ありがとうございます！」

速水はふたりの教授に頭を下げた。

「一度、お母さんの病室に顔を出してあげなさい。個室だからこの時間でも大丈夫だ

よ」

　そう倉木は言った。

「はい。ありがとうございます」

　速水はもう一度、ふたりの教授に礼を言い、それから、悦子の病室に向かった。

　悦子が泊まっていたのは、「特別室」と言われる、明慶大学病院の中で最も豪華な病室で、広さは一八畳もある。壁には、本物のピカソの版画がかかっている。ノックして、中に入る。悦子は、テレビをつけていたが、速水の顔を見るなり、ぱっと表情を明るくして、テレビのスイッチを切った。

「あら、圭吾。もう、山でのお仕事は終わったの？」

「ああ。無事にね」

　そう答えると、更に悦子は笑顔になり、

「それはお疲れさま。あ、お母さんも、明日にはもうここから帰っていいのよね？　あんまりお部屋が豪華で落ち着かないわ」

と言った。

「……あのさ、母さん。実は、検査でちょっと気になるものが見つかったんだ」

「え？」

「いや、たいして心配はいらない。体の中に、んー、たとえて言うなら小さなおできが出来たっていうか……ただ、そのままにしておくのもあんまり良くないから、この際、切っちゃったらどうかと思ってさ」

「切るって——手術？」

「ああ。おれがやる」

「え？　圭吾が？」

ここだ。ここで明るく戯《おど》けなければ、母親は自分の病状が深刻なのかもしれないと疑うだろう。そう思って速水は、

「母さん、そんなに驚かないでよ。こう見えてもおれ、明慶大学病院外科部の若きエースと言われてるんですけど」

とわざと丁寧語を織り交ぜて話した。

「あら、違うわよ。逆よ、逆。感動してるのよ」

そう悦子は言った。そして、

「息子をきちんと育てられただけでも感激なのに、その子に手術までしてもらえるなんて。私、世界一幸せな母親ね」

と笑った。

幸せなわけがない——そう速水は思った。女手ひとつで働きに働いて、ようやく少し楽が出来るかもという矢先、体の中に爆弾を抱えてしまったのだ。それも、ちょっと突いただけで大爆発しそうな巨大な爆弾だ。だが、もちろん、そんなことを言えるわけがない。表情にも出せなかった。

「それで、いつ手術していただけますか、速水先生?」

悦子はまるでままごと遊びをする子供のように、はしゃいだ口調で言った。

「ちょっと切るだけだから簡単だし、明日、パパッとやるよ」

そう速水は答えた。その性急さを疑われないか不安だったが、悦子は何も言わなかった。ただ、「あら、そう」とだけ言い、それから急に、

「で、圭吾が登った山、どんな山だった? 景色はやっぱりきれい? 星は見られた?」

などと、山のことばかりを訊いてきた。

翌日の手術のことを、速水はあまり覚えていない。

手術室に立ち、

「これより、腹部大動脈瘤に対する人工血管置換術を始めます」と宣言した。そして、看護師からメスを受け取り、悦子の腹部をスーッと切った。腹腔内を見た。そこで、記憶は途切れる。

乾いた金属音が、手術室に響いた気がする。持っていたメスを、床に落としたのだろう。

倉木が「このまま閉じよう」と言った気がする。

「残念だが、この状態では、切除は不可能だ」

「粘りの倉木」と異名を取る、あの倉木から「不可能」という言葉が出るとは……そんなことを、やけに意識から遠いところで思った気がする。

縫合の記憶もない。おそらく、倉木がしてくれたのだろう。

気がつくと、もう、母の腹部は縫合されていて、速水は手術室の隅で、彼がずっと誇りに思ってきた、最先端技術を満載した医療機器にもたれるように立っていた。

処置を終えた悦子は、手術室から、元の特別室に運ばれた。速水は、傍について一緒に特別室まで移動した。窓の外は、嫌になるほどの快晴だ。気温は三五度を超えているだろう。数年前まで、二酸化炭素排出規制などのニュースで世の中は溢れていたのに、今はもうあまり聞かなくなった。熱しやすく冷めやすい。恰好の悪い話だ。そんな夏の日差しが、今、白いレースのカーテン越しに、母の顔を照らしている。皺。シミ。眠っている母は、とても老けて見えた。

——母さん……何もしてやれなくて、ごめん……

するると、悦子がゆっくりと目を開けた。

「母さん?」

速水は思わず乗り出すように、悦子の顔を覗き込む。

「圭、吾……」

まだ麻酔が効いているせいで、悦子の声は小さくかすれていた。

「心配ないよ。手術はすべてうまくいったから。まだ麻酔が効いてるからゆっくり休んで」

速水は微笑みながら言った。悦子は速水の顔をじっと見た。

「お母さん、幸せ者ね。圭吾みたいな優しくて親孝行な息子を持って」

「母さん……」

「……圭吾、……ありがとう」

胸が、痛かった。それ以上、その場所に留まっていることが出来ず、速水はわざとらしく、「おれ、そろそろ行かなきゃ。急患を診なきゃいけないんだ」と嘘を言って病室を出た。廊下を足早に歩き、医局を素通りし、大勢の患者たちのいるロビーを横切り、外に出た。

大通りを少し行ったところにハンバーガー・ショップがあった。食欲はなかったが、そこに入った。

その時、ポケットに入れていた携帯が鳴った。

「はい」

出た。すると、若い女の声が、聞こえてきた。

「小山です。小山遥です。あの……稜ヶ岳の診療所の……」

意外な相手だった。遠い山の上。一緒にふたりの急患を診た。もう何年も前のような気がする。実際は、まだ三日だ。

「なに？」

「いえ、あの、聞いたので……お母様のこと……」

「……ああ」

しばらく沈黙が続いた。

「なんて言ったらいいか、本当にお気の毒で……」

それを、速水は遮った。

「……ごめん。今、話をしたくないんだ。ごめん」

そう言って、一方的に電話を切った。

どれほどの間、そこに座っていただろうか。気がつくと、ずいぶん、陽が傾いていた。母を病室に置き去りにしたままだ。戻らなければ。速水はそう自分に言い聞かせ、立ち上がった。

外に出て、病院の正面玄関まで戻った時、中から倉木が出て来た。大きなザックやストックなどを持っている。どうやら、山に戻るようだ。

小さく黙礼をして、横を通り過ぎた。

「速水先生」

行こうとする速水の背中に、倉木は声をかけてきた。

「力、落とさずにね。お母さんは、まだ生きてるんだ」

相変わらず、あたたかい声だった。思わず泣きたくなるような声だった。

「……皮肉ですよね」

速水は、声を震わせながら言った。

「ぼくは、倉木先生に、『山の診療所にはろくな医療機器がない。だから、きちんとした治療なんか出来ない』と言いました。なのに、日本で最先端の医療機器が揃ったこの病院で、ぼくは母の命ひとつ救うことが出来なかった」

「……」

「ぼくは……なんて無力なんだ……」

ふたりの間に、少しだけ、沈黙が流れた。倉木はじっと速水を見つめ、速水もまた、涙を堪えて倉木を見つめていた。

やがて、倉木が静かに口を開いた。

「……小沢武三さん……」

「？」

「小泉信子さん……津田道子さん……」

「？」

「渡辺真知さん……和田悟さん……

浜野新蔵さん……井田さゆりさん……

小島大介さん……桐谷佐紀さん……

羽田雄一さん……大友卓也さん……

阿野久美子さん……」

「先生？」

「みんな、私が命を救えなかった患者さんだ」

「！」

「中村美奈子さん……水野邦彦さん……

安部和雄さん……吉田翔くん……翔くんはまだ九歳だった……

それから小山則子さん。稜ヶ岳山荘の小山さんの妹さんであり、君と一緒に頑張った遥ちゃんのお母さんだ……」

「え……」

「ひとりとして、忘れることは出来ない」

「……」

「私がまだ君くらい若かった時、恩師である花村先生にこう言われたことがある。『医者は万能じゃない。だからこそ、今、救える命はどんなことがあっても救わなきゃいけない』」

「……」

「それからずっと、私は愚直にその教えを守ってきた」

「……」

「ああ、そういえば、君に伝言があったんだ」

「伝言？」

倉木は自分の携帯を取り出し、メール画面を開いた。

「松本の病院の先生が、わざわざ送ってくれたんだ。あの開放骨折の男性……岡村さんから君への伝言だよ」

「え？　岡村さんですか？」

「速水先生に、ありがとうございました、と伝えてほしいって。一晩中、ずっと止血し続けてくれた先生のその手の温もり、一生忘れません——そう岡村さんは言っていたそうだ」

そう言って、倉木は微笑んだ。

「あの時は、小山さんの案に従っただけです。自分ひとりでは、思考が停止していて何も出来なかったと思います」

速水は正直に答えたが、倉木は何も言わなかった。ただ、「じゃ」と手を挙げ、そして、大きなザックを揺らしながら去っていった。

「……先生！」

その後ろ姿をずっと見ていた速水が、ふいに、周囲の人たちが思わず振り向くほどの大声を出した。

「倉木先生！」

倉木がゆっくり振り返る。

「来年、また山に行きます」

そう叫んだ。

「おう！」

倉木は少しだけ微笑むと、再び背を向けて去っていった。

そうだ。来年、また山に行こう。再来年も、その翌年も、自分は山に行こう。あの山の診療所に行こう。そして、医師として、医療を、いや、命を、自分は一から学び直すのだ。

その決意を、母に話したいと思った。速水は身を翻し、病院の中に入っていった。

陽は更に傾き、西の空で、黄金色に輝き始めていた。

（完）

『サマーレスキュー 〜天空の診療所〜』に寄せて

臼杵尚志

平成二三年夏・入山の朝

「今年も単独行になってしまった」

　薄暗い林道を歩き始めた時、ふとそう思った。数年前は学生たちとにぎやかにここを通った。小学生の長男と二人でのことも、また、次男と一緒だったこともある。岡山大学の診療班顧問・田口《たぐち》先生と互いに気兼ねなく、気持ち良く登ったことも、先輩や後輩と一緒だったこともあるが、考えてみれば一人のことが多かったかも知れない。

「でも去年の嵐を思えば、まあ今日は良い方かな……」そんなことを考えている内、道は林道から登山道に変わり、空も少しずつ明るくなってきた。その時、高曇《たかぐも》りの空が何故か特別に見えたのは、我々が続けてきた診療活動をモデルとしたドラマ、小説が書かれるという話をいただいたからかも知れない。

私には、本稿のような原稿を書いた経験など、もちろんない。そんな〝初心者〟の私が何故この文章を書いているのか。

我々の診療活動が始まったのは昭和三九年、山荘のご主人と我々の大先輩との出会いが発端である。私は昭和五二年に初めてこの活動に参加し、いわば第二世代、第三世代のメンバーとして先輩たちの後をついてきたが、ふと気づいてみると最も数多く診療所に通い、また、その支援等に深く関与してきた医師の一人になっていた。物語に登場する倉木泰典医師は、そんな私をモデルとして描かれたと伺っている。そのようなご縁から本稿を執筆することとなったが、倉木医師は物語の登場人物らしい立派な方で、比べられると私など誠に恥ずかしい限りだ。

診療所開設から四十数年、私が登り始めてからでも三五年、考えてみれば、確かに色々な事があった。

失った思い出

昔、「山に死に場所を求める」との話に対して、診療所で大議論をしたことがある。

私は「山へ死ぬために行きたいとは思わない。ただ、もし自分が不治の病で一ヵ月の命と言われたら、山の景色に看取られて死にたいと思うかも知れない」そう主張したように覚えている。登山が一歩間違えれば死と隣り合わせであることを、かつてはもっと身近なものと感じていたように思う。自分自身も何度か遭難しかけた。先輩たちからも同様の話を聞いた。また、山の中で遭難した方と多く出会い、その方たちの下山までの過程に関わってきた。

滑落《かつらく》した登山者、身動きできなくなった登山者のために数時間の山道を駆けて行った仲間たち、後輩医師からの無線での病状報告を待つために下山途中に足止めされた私自身の経験。確かに登山は、常に死の危険と同行しているようなものであり、「そんなん普通は誰も行きたくないよな」との沢口の言葉は真実かも知れない。平成二一年七月にツアーガイドを含め九人もの死者を出してしまった、夏山史上最悪とも言われるトムラウシ山の遭難事故からは、まだ三年しか経っていない。現代においても、悪天候の中では救助ヘリは飛べず、時には全ての連絡手段さえ奪われる。ただ、山は時に厳しい表情を見せる反面、普段はとても穏やかで美しい。いったいどれほどの回数、その景色に癒されただろうか。落ち込んだ心、病みかけた心が何度救われただろうか。また、いったいどれだけのことを、山やそこで出会った方々から学んだだろうか。

楽しい思い出を語れば数限りない。ただ、一生忘れることの出来ない悲しい出来事もあった。その出来事から何年か後、先輩から「その経験でお前は本当の山人になった」とも言われた。しかし、そうなりたくもなかった。

医学部六年の秋、卒業試験の真っ只中だった。夏に診療所で一緒に過ごした後輩を山で失った。その報に慌てて麓まで駆けつけ、彼の亡骸《なきがら》とそこで出会った。大きな悲しみに打ちひしがれたが、同時に山を十分に教えることが出来ていなかった自分を責めた。山の怖さを伝えきれていなかったことを悔いた。そして、それまで前述のような議論をしていた自分を恥じた。「いかなる事があろうとも、命を山で失ってはいけない」

今日まで、つらい思い出もある診療所に通い続けることができたのも、ただ山が好きだという以外に、そんな原動力があったためかも知れない。

ある年、付近の山へ散策に出かけた学生が遅くまで帰らなかったことがある。日が暮れるまでは「何と言って叱ろうか」と思いながら待った。しかし、日が暮れてからは……かつての悲しい思い出が、最悪の事態の予感が、何度も何度も繰り返し脳裏を過《よぎ》り、その度に強くそれを否定しようとした。何でもない所で道を間違え、一時はビバークも覚悟したと言う彼らは、真夜中近くになって、ヘッドライトを頼りに憔悴した姿で帰ってきた。その時、叱る言葉は思い浮かばなかった。彼らを暖かい部屋に入れた後、山小屋の前で、長い時間一緒に待った学生と抱き合い、ただ涙した。ただ、誰にともなく感謝した。「山は、苦しくとも頑張って登れば、美しい景色に出会えて楽しいことも沢山あるけれど、兎《と》に角《かく》、無事に麓まで下りてきて初めて本当の山になるんだ」——毎年、診療班の壮行会で学生たちにそう話している。

診療所が併設されている山荘のご主人は、学生時代より本当にお世話になった方であるが、当然、私よりも遥《はるか》に多く遭難者の救出に関与され、そしてそれに伴うだけの多くの悲しい思いをされて来た。亡くなった方たちを止む無く埋葬した場所も、ひとつひとつ覚えていると伺っている。そして、その経験から山に医師をという、物語の稜ヶ岳山荘主人小山と花村医師の出会いに似た、岡山大学の大先輩たちとご主人との出会いがあり、それが診療所開設につながる。診療班の初期のメンバーであり、後援会の現会長・谷崎《たにざき》先生が活躍された時代である。

診療活動の中で

物語に描かれているように山中の診療所であるから、当然、最新の医療機器等はない。最近でこそ香川大学による学生活動支援の「夢プロジェクト」のお陰で、幾つかの機器を購入することができたが、それでも診断や治療指針の判断材料は、医師による目と耳と手を使った診察の結果が主である。同時に、一度の診察のみで判断することも要求される。検査結果を待つことも、一、二日経過を見ることも出来ない。経過を見るとしても、夕に診《み》た方を翌日の早朝四時から五時にもう一度診る程度である。そして医師がOKを出せば、患者さんはそのまま最低でも数時間の、時には過酷な環境の山行に向かうのであり、NOと言えば、本人だけでなく同じパーティの全員が予定変更を余儀なくされる。自力での下山は不可能、と判断すれば救助ヘリの要請となるが、これには十万円単位で救助費用が発生することもある。診察に際して、山岳保険への加入の有無を必ず尋ねなければならない所以《ゆえん》である。

医師の原点とも言えそうな診断手法で、一方、要求は厳しいわけだが、実はそこでは患者さんが何処からどのコースを歩いて来たのか、その過程の各地点での症状はどうだったかといった問診の情報が重要であり、その方の通った道がどんなところかを医師が知っていることが大いに役立つ。医学知識とともに山の知識も必要というわけだ。第二章の中で、山が初めての倉木医師がその知識の無さから失態を非難される場面がある。幸い、私は学生時代から診療所に通い、山の知識も豊富な先輩に教えられ、また長い歴史に支えられながら今日まで活動してきたお陰で、比較的平和に診療活動を行えてきた。しかし、病院等での日常診療では絶対に経験しないだろうことも、幾つか経験した。

ある年は臨床経験の少ない研修医と一緒であった。彼が診療所の当番の日、学生たちと片道四時間程度の山に出かけた帰り道のことである。ふいに診療所との交信用トランシーバーが鳴り出し、

「先生、頭を切ってすごく出血している患者さんが来ました」

との連絡があった。口頭で処置法を指示したが、

「私は生きた患者さんの皮膚は縫ったことがありません」

と言う。頭皮の切創は思った以上に出血することから驚きもしたのであろう。幸い患者さんは意識がしっかりしているようで、救助ヘリでの搬送が必要とも思えなかった。

「わかった。とりあえず何も考えずじっと傷を押さえておけ。出血は心配ない。すぐに帰るから」

と言って、連絡を受けた地点から走って帰ることとなった。「四〇歳にもなって山を走り回るとは思わなかった」と考えつつ。もちろん私が帰り着いた時、頭皮からの出血は止まっていた。あとは創を丁寧に洗浄し、通常通りに皮膚縫合を行ったが、患者

さんは翌日、元気に歩いて下山された。

小さな手術を余儀なくされたこともある。あれは登り始めて一五年目くらいだったろうか。幸運だったのは、私以外にもう一人外科医の先輩がいたことだ。第二章に出てくる「夕日を利用した手術」のモデルである。診療所は決して明るくなく、あの頃のヘッドライトも現在のＬＥＤに比べると随分暗かった。窓からの夕日が術創近くに射してきたのは偶然であったが、確かに非常に明るく、手術創は深い部位までよく見えた。その先輩が患部をうまくその光の中に移動してくれつつ、私が執刀した。

二人の重度の患者さんの搬送に際して、優先順位を迷うということも経験した。前夜から来ていた患者さんを、夜明けと共に搬送すべく救助ヘリを要請していたが、早朝、より重症の患者さんが診療所を訪れた。止む無く、より重症の方を先に搬送し、前夜の方は二回目のヘリで搬送することとなった。一人の方を病院に搬送し、すぐに折り返して来て、再び這松《はいまつ》の合間の狭い空き地にヘリを着陸させなければならなかったパイロットも大変だったと思うが、痛み止めも十分でない山の上で長い夜を待ち、ようやく朝が来たと思ったら二回目の搬送となった最初の患者さんにとって、その一時間ほどの時間はどんなに長かっただろうかと、今でも申し訳ない気持ちで一杯になる。

どの経験も、私が普通に外科医として一般の病院のみで診療をしていたなら、決して経験し得なかったことだろう。もちろん、病状だけで言えば、普段の診療の中ではもっと重症の患者さんを多く診ているわけだが、山の上では、診断や治療の方法・器材が限られている中で、ひとつひとつ考え工夫しながら診療してゆかねばならなかったわけである。

私の中での診療班の歴史と危機

物語において、山岳診療所の運営は大学によって行われているが、我々の診療班は学生のサークル活動に医師や看護師が参加するという形をとっている。皆、自らの休暇を利用し、旅費や宿泊費を負担して運営に参画する、純粋なボランティア活動である。それゆえ私が知る限りでも、運営を継続するための大きな曲がり角が何度かあった。

私が診療班と出会ったのは大学三年の夏である。登山ブームの当時、参加を申し出たものの、最初は「希望者が多いから」と断られた。そして少し後に、「一人行けなくなったから、連れて行ってやる」と言われて参加することになった。初めての登山は、体力のあるリーダーが速いペースでパーティを引っ張ったためか、とても苦しかった。道々、診療班に加わるために勢い込んでリュックや衣類、靴等、買い揃えたことを非常に悔やんだ。ただ、メンバーの一人がバテて登坂のペースが落ちてから、急に楽になった。診療所に着いてからは、靴をサッカーシューズ（学生時代、サッカー部員でもあった）に履き替え、サッカーパンツに着替えて登山道を走り回った。いくつかの山行時間の記録を塗り替えたが、とても快適で一度に山が好きになった。

あれから三五年、学生として、医師として登る内、いつしか診療班の学生の相談役になっていた。荷揚げする器材や薬品リストも一緒に作成した。医師や看護師不足が深刻になった時期には、彼らと相談して日程を流動的にすることで対応した。学生の後継者不足から存続の危機に陥ったこともあった。参加を躊躇《ちゅうちょ》する理由として旅費の問題が挙げられたため、調べ得る限りのＯＢに声をかけて後援会を立ち上げ、学生の交通費を補助するシステムを作った。

岡山大学のカリキュラム変更により、七月に診療所の開設が出来なくなったこともあった。ちょうど、私がその直前に香川医科大学（現、香川大学医学部）に転任していたことから、香川の学生に声をかけ、応じてくれた学生たちが七月に入山することとなった。やがて、現在のように両大学の学生による共同運営の形に育ってきたが、そのおかげと言っていいのだろうか、学生の班員は岡山大学、香川大学合わせて六〇名を超え、入山を希望しても人数的に登れない学生が出るほどとなった。難しいところではあるが、学生班員が増えれば、将来、医師や看護師として登る人が増えることも期待できる。

現在、同様の夏季山岳診療所・救護所は、全国で二十ヵ所程が開設されている。その運営について、登山医学会で討議すると、やはり最大の問題は医師の確保のようである。その勤務体制から、診療所に入れる医師は基本的に勤務医であるが、現在の多忙な勤務医が、ようやく取れた僅かな夏休みの全てを山で過ごすのはなかなか難しい。もちろん山の好きな医師もたくさんいるが、そのような医師こそ少ない休みを毎年同じ山で過ごすよりは、他の山も歩きたいと思うようである。

その意味で、学生班員の増加が、岡山大学の田口先生や私のように足繁く通うメンバーの増加につながることを祈っている。

診療班のドラマ化に寄せて

「診療班の活動をドラマ化」との話をいただいたのは昨年の春、大学の事務部門を通してのことである。お話を伺うと、一昨年の秋に放送されたあるドキュメンタリーを見て、とのことであった。そのドキュメンタリーが制作されるに至ったのは、後援会会長・谷崎先生の力が大きい。私はその中で、最も足繁く診療所に通っている者として取材を受けたわけであるが、それを見たテレビドラマ製作プロデューサーの志村《しむら》氏の中でイメージが大きく膨らみ、ひとつの物語、フィクションとして形作られたようである。

当初は、戸惑う、というよりも半信半疑のような気持ちでお話を伺った。「夢」と思った時もある。ただ、こうして話が少しずつ実現に近づいた今、正直、とても不思議な気持ちだ。三五年前のあの時、あの一人の学生がキャンセルをしなければ、私は一生、診療所や山とは無縁だったかも知れないからだ。

本書の出版にあたり、秦建日子氏とお会いする中で、作家になられるに至った偶然の出会いについて伺った。この物語も、プロデューサーの志村氏がドキュメンタリーを見た偶然から誕生した。物語の中では、山荘主人の小山がたまたま山好きの患者を失い山に入ってきた花村と出会う、という偶然に遭っている。そして、そのような偶然と必然が織り成すのが小説であり、人生はそれ以上と思うこともしばしばだが、物語の中ではそのような偶然と必然が、診療所の歴史、そこで織り成す人生模様を形作っており、時に笑い、時に涙し、通いなれた山々の姿を思い描きながら楽しく読ませていただいた。

登山ブームは大きな周期で盛衰を繰り返している。衰退期は、本当の山好きに言わせれば「静かな山が味わえていい」のかも知れないが、現在は登山ブームが到来しつつある時期のようだ。本書を読んだ方、テレビドラマを見た方が山の素晴らしさを知り、しかし、同時に山の恐ろしさをも知って入山してくれることを願っている。また、このような診療活動のドラマ化が、我々の所だけでなく、医師不足、看護師不足を嘆く多くの診療所・救護所に、再び医療従事者を呼び戻す原動力になってくれれば幸いと思っている。

山は、私に多くの出会いをくれ、多くを教えてくれた。多分、私はこれからも更に教えを請うために山に登り続けるだろうが、同時に、私の後輩たちにもそのような多くの幸が、山で与えられることを祈りたい。

（香川大学医学部附属病院手術部部長・香川大学診療班顧問／日本登山医学会・山岳診療委員会副委員長）

この作品には一部実在の地名等が登場いたしますが、すべてフィクションであり、実在の人物、団体等とは一切関係ありません。

この作品はＴＢＳ日曜劇場「サマーレスキュー～天空の診療所～」の脚本をもとに書き下ろしたオリジナルストーリーです。

医事監修　臼杵尚志

出版協力　ＴＢＳテレビライセンス事業部

サマーレスキュー　～天空《てんくう》の診療所《しんりょうしょ》～

二〇一二年　七　月二〇日　初版印刷
二〇一二年　七　月三〇日　初版発行

著　者　秦建日子《はたたけひこ》
執筆協力　鎌田直子
発行者　小野寺優
発行所　株式会社河出書房新社
〒一五一-〇〇五一
東京都渋谷区千駄ヶ谷二-三二-二
電話〇三-三四〇四-八六一一（編集）
〇三-三四〇四-一二〇一（営業）
http://www.kawade.co.jp/

ロゴ・表紙デザイン　粟津潔
本文フォーマット　佐々木暁
本文組版　KAWADE DTP WORKS
印刷・製本　中央精版印刷株式会社

Printed in Japan　ISBN978-4-309-41158-3

推理小説

秦建日子　40776-0

出版社に届いた「推理小説・上巻」という原稿。そこには殺人事件の詳細と予告、そして「事件を防ぎたければ、続きを入札せよ」という前代未聞の要求が……ＦＮＳ系連続ドラマ「アンフェア」原作！

アンフェアな月　刑事　雪平夏見

秦建日子　40904-7

赤ん坊が誘拐された。錯乱状態の母親、奇妙な誘拐犯、迷走する捜査。そんな中、山から掘り出されたものは？　ベストセラー『推理小説』（ドラマ「アンフェア」原作）に続く刑事・雪平夏見シリーズ第二弾！

殺してもいい命　刑事　雪平夏見

秦建日子　41095-1

胸にアイスピックを突き立てられた男の口には、「殺人ビジネス、始めます」というチラシが突っ込まれていた。殺された男の名は……刑事・雪平夏見シリーズ第三弾、最も哀切な事件が幕を開ける！

ダーティ・ママ！

秦建日子　41117-0

シングルマザーで、子連れで、刑事ですが、何か？　――育児のグチをブチまけながら、ベビーカーをぶっ飛ばし、かつてない凸凹刑事コンビ（＋一人）が難事件に体当たり！　日本テレビ系連続ドラマ原作。

きょうのできごと

柴崎友香　40711-1

この小さな惑星で、あなたはきょう、誰を想っていますか……。京都の夜に集まった男女が、ある一日に経験した、いくつかの小さな物語。行定勲監督による映画原作、ベストセラー!!

人のセックスを笑うな

山崎ナオコーラ　40814-9

19歳のオレと39歳のユリ。恋とも愛ともつかぬいとしさが、オレを駆り立てた――「思わず嫉妬したくなる程の才能」と選考委員に絶賛された、せつなさ100％の恋愛小説。第41回文藝賞受賞作。